居年级前三，作为考大学的苗子被……
给我"吃小灶"。
来，我的学习成绩也不会……
一个小雨过后的早晨，有……
山，班主任赵老师领着一……
一条牛仔裤，扎着腰，细……
嘴角一个小小的黑痣。那是我……见过的最漂亮的女……
立即吸引了全班男同学的目光。女同学则用异样……

合，简单地做了介绍，这位新来的同学叫岑小梦……
班的一员。大家要互帮互助，共同提高……我……
这个姓，第一次是在学习语文课本《白雪歌……
时，知道作者叫岑参。那是我第一次知道……
姓的。我觉得这个姓氏很好玩，他们的祖……
岭上的，要不怎么会有岑姓？
桌刚好因病休学，老师便把她安排和我……
后，她很大方地对我说，以后请多多关……
皙的手跟我握手，我的脸倏地红了……
本来放在课桌……
起来。

学生不同于……
性腼腆……
别是跟女……
红脖子……
的手，……
。幸……
果……
价。

WEI YUEDU
1+1工程

微阅读
1+1工程

1+1
GONG
CHENG
第一辑

十八岁的紫藤花

厉剑童

百花洲文艺出版社
BAIHUAZHOU LITERATURE AND ART PRESS

图书在版编目(CIP)数据

十八岁的紫藤花 / 厉剑童著. —南昌:百花洲文
艺出版社,2013.5(2018.12 重印)
(微阅读 1 +1 工程)
ISBN 978 − 7 − 5500 − 0633 − 1

Ⅰ.①十… Ⅱ.①厉… Ⅲ.①小小说—小说集—中国
—当代 Ⅳ.①I247.8

中国版本图书馆 CIP 数据核字(2013)第 099438 号

十八岁的紫藤花

厉剑童 著

出 版 人:姚雪雪
组稿编辑:陈永林
责任编辑:赵 霞
出 版:百花洲文艺出版社
发行单位:全国新华书店
印 刷:北京柯蓝博泰印务有限公司
开 本:700mm ×960mm 1/16
印 张:12
版 次:2013 年 8 月第 1 版
印 次:2018 年 12 月第 3 次印刷
字 数:120 千字
书 号:ISBN 978 − 7 − 5500 − 0633 − 1
定 价:29.80 元

赣版权登字:05 − 2013 − 228

网址:http://www.bhzwy.com
图书若有印装错误,影响阅读,可向承印厂联系调换。

前　言

　　以"极短的篇幅包容极大的思想"，才能够以小胜大，经过读者的阅读，碰撞出思想的火花，震撼人的心灵。正因为这样，微型小说成为一种充满了幽默智慧、充满了空灵巧妙的独特文体。

　　如果说在二十一世纪的头一个十年，是互联网大大改变了我们的生活，那么在我们正在经历的第二个十年里，手机将更为巨大地改变我们的生活。如今，以智能手机为平台，正在构成一个巨大的阅读平台。一种新的阅读方式正不知不觉地走进大众的生活。一个新的名词就此产生，它便是"微阅读"。微阅读，是一种借短消息、网络和短文体生存的阅读方式。微阅读是阅读领域的快餐，口袋书、手机报、微博，都代表微阅读。等车时，习惯拿出手机看新闻；走路时，喜欢戴上耳机"听"小说；陪人逛街，看电子书打发等待的时间。如果有这些行为，那说明你已在不知不觉中成为"微阅读"的忠实执行者了。让我们对微型小说前景充满信心和期待的是，微型小说在微阅读的浪潮中担当着极为重要的"源头活水"。

　　肩负着繁荣中国微型小说创作、促进这一文体进一步健康发展的责任和使命，微型小说选刊杂志社推出了"微阅读1＋1工程"系列丛书。这套书由一百个当代中国微型小说作家的个人自选集组成，是微型小说选刊杂志社的一项以"打造文体，推出作家，奉献精品"为目的的微型小说重点工程。相信这套书的出版，对于促进微型小说文体的进一步推广和传播，对于激励微型小说作家的创作热情，对于微型小说这一文体与新媒体的进一步结合，将有着极为重要的作用和意义。

编者

2014 年 9 月

目　录

招　考

　　清晨，太阳还没冒尖，雅丽老师就起来了。今天是周末，往常忙碌了一周，她总喜欢利用这个难得的周末好好补上一觉，可今天不行。今天对她来说是一个非常重要的日子，一个也许可以改变她人生命运的关键时刻。

　　县里不久前投巨资新建了一处实验小学，现面向全县乡镇小学招考教师。一旦考上，不仅省去了托人找关系进城的麻烦，并且在县直学校待遇高、个人业务发展、职称晋升空间更大。竞争自然十分激烈，据说仅一个小学语文教师岗位报名的就有二百人之多。

　　能否考上，对雅丽老师来说有着更为特殊的意义。男友在县民政局工作，因为雅丽在乡下上班，婚期一推再推。

　　这次招考虽然难度很大，可雅丽老师信心十足：毕业后分到了偏远的乡村，自己一直抱着既来之则安之的态度，没有自暴自弃，勤奋钻研业务，头上早已有了多顶耀眼的桂冠：市级优秀教师、小学骨干教师……

　　雅丽老师考上那是十之八九的事。大家都说。

　　考试的一切准备妥当，雅丽老师还进行精心打扮了一番，在镜子前转了几圈，披肩长发用手往后拢了拢，胸脯挺得高高的，自我感觉良好，嘴里哼着"我们的家乡在希望的田野上……"提着包，信心百倍地向乡驻地车站走去。

　　说是车站，其实只有一个小小的站牌。这里地处偏僻，进城的人很少，每天只有捎道的一趟车，早晨来下午回。看看表还不到七点，车来还要再待一会儿，雅丽在路旁找了块石头坐下来，脑子里想象着面试中监考官可能提问的各种问题。

　　正想着，忽然隐约觉得身旁多了几个人。抬头一看，只见铁蛋、麦穗、谷子、玉米、小胖胖等十几个孩子站在一旁，他们都是雅丽的学生。此时他

们手里有拿苹果的，有拿杏子的，有拿甜瓜、鸡蛋什么的。雅丽老师顿时吃了一惊："你们……你们这是……？"

"老师，听说您去县里考试，考上就要走了，我们……我们来送送您。"麦穗吞吞吐吐地说着，低头看着路面，一双脚来回蹭着一块小石头。

雅丽老师心里一阵感动，一股暖流涌上心头。真是没白教了这帮小家伙，再苦再累也值了。

"老师，我们都希望您能考上，早点走，这样我们就自由了，没人管了。"小胖说着，眼圈红了。

"老师，我也想您能考上，考上就不用为了一点小事批评我了。"甜瓜说。

"老师，我也这么想，这样我就不用担心自己学习不好天天吃您的'小灶'了。"铁蛋说。

……

"什么？刚才我还以为你们会不舍得我走，原来你们都盼着我早点滚蛋？你们，你们枉费了我平时对你们操的那些心。悲哀啊！"雅丽老师想着，心里酸酸的，扭过头，尴尬地站在那里。

此刻，她心里只盼着车快点来，越快越好，自己一刻钟也不想多待了。

嘀嘀嘀，远处响起了客车的喇叭声。雅丽老师朝客车一边招手一边踉踉跄跄地往前走！

"老师等等……对不起，这不是……不是我们的心里话……"小胖跑上前，拦住雅丽老师，红着眼圈说。

"老师，我说的也不是心里话。"麦穗也跟上来说。

"我也不是……"

"什么？不是心里话？不是怎么会这么说，你们真是人小鬼大。现在说什么老师也不会相信了。"

"老师，我说的那些是我爸爸昨晚上教的……真的！"麦穗说着，眼泪在眼圈里打转转。

"我说的也是我妈妈昨天教我的……我发誓，绝对没撒谎！"铁蛋举起手说。

"老师……"

"什么？你们都是家长教的？为什么？"雅丽老师愈发诧异了，收住脚步。

"我爸爸说，这样说了，您就可以放心去考，早点离开，不用再在这里吃那么多苦了。"麦穗说。

"我妈妈说，只有这样说，您才会离开这里，早点去城里结婚，您为我们付出太多了。"铁蛋说。

"我妈妈也说……"

听着听着，雅丽老师的眼睛润湿了，胸脯剧烈起伏。

"老师，这是我家树上结的最大最好的杏子，您尝尝，这样您会考得更好。"麦穗说着，把两个又大又黄的杏子举到雅丽老师跟前。

"老师，这是我家老母鸡今天早晨刚下的蛋煮的，您拿着。"

"老师，这是我刚从我家瓜地里摘的甜瓜，老师您尝尝。"

"老师……"

嘀嘀嘀，嘀嘀嘀，客车的喇叭再次急促地响了，那位年轻的售票员朝着这边起劲地喊着："坐车的走了，坐车的走了!"

"老师，拿着!"

"拿着，老师!"

……

孩子们，我走了。雅丽老师强忍着泪水，在心里说，一边用力朝孩子们挥手，一边急匆匆上了车。

车走远了，孩子们还站在那里，手里举着鸡蛋、杏子、甜瓜……一个个眼睛闪着恋恋不舍的泪花。

谁也没想到，第二天上课之前，雅丽老师又准时回到教室。

老师没考上，老师永远和你们在一起。雅丽老师微笑着，动情地说着，明亮的眸子里亮闪闪的。

噢噢噢，老师回来了!

噢噢噢噢，老师回来了!教室里响起雷鸣般的欢呼声，这欢呼声冲出教室，久久盘旋在无边的旷野里。

有一件事孩子们不知道，就在昨天下午，教育局门口那张招考录取名单上，第一名就是雅丽老师的名字。当主管招考的教育局副局长问她为什么放弃这个宝贵的机会而甘愿待在山村小学任教时，雅丽老师只平静地说了一句话："害怕冷了那些朴实善良的心。"

十八岁的紫藤花

那一年，我十八岁，上高三。那时我是所有任课老师眼里的特优生，学习成绩一直稳居年级前三，作为考大学的苗子被内定为重点培养对象，不少老师争着给我"吃小灶"。

要不是她的到来，我的学习成绩也不会出现那么大波动。

期中考试后，一个小雨过后的早晨，有不知名的小鸟藏站在窗外的碧绿的树枝上叫。班主任赵老师领着一个女生进来了，她上身穿着白褂子，下身一条牛仔裤，扎着腰，细高挑，脑后扎着马尾辫，皮肤白皙，左嘴角一个小小的黑痣。那是我所见过的最漂亮的女生。一进门，立即吸引了全班男同学的目光，女同学则用异样的眼神看着她。

赵老师走上讲台，简单地做了介绍：这位新来的同学叫岑小梦，以后就是我们班的一员，大家要互帮互助，共同提高……我第二次听到有这个姓，第一次是在学习语文课本《白雪歌颂武判官归经》时，知道作者叫岑参。那是我第一次知道这世上还有姓岑的。我觉得这个姓氏很好玩，他们的祖先一定是住在山岭上的，要不怎么会有岑姓？

那时，我的同桌刚好因病休学，老师便把她安排和我坐一起。坐下后，她很大方地对我说，以后请多多关照，说着伸出白皙的手跟我握手，我的脸倏地红了，心怦怦直跳，本来放在课桌上的手赶紧缩回来。

那个年代的中学生不同于现在，加之我生性腼腆，说话脸红，特别是跟女同学说话更是脸红脖子粗，所以面对她的手，我只有窘的份了，幸好老师进来讲课，暂时摆脱了尴尬。

整整一节课，我神情恍惚，老师讲的什么，我一句也没听进去，几次回答问题也是答非所问，这让老师很纳闷，以为是我病了。拘谨加之寡言，还有特优生独有的骄傲，一整天我都不主动跟她说话，对她的提问也不怎么用心回答。但她始终微笑着。

晚自习之前，天有些黑了，我从宿舍出来，急匆匆往教室走，走到校园中间井台边的那棵紫荆树下的时候，一不小心，迎面跟一个人撞在一起，只听哗啦一声，一摞书落在地上。我一边说对不起，一边慌慌张张地弯腰拾书，对方也赶紧蹲下捡书，一抬头，两人都惊讶地喊起来：

"是你——"

"是你——"

不是别人，是我的同桌——岑小梦。这样的偶然其实在很多小说中都有，一点也不传奇，可这的确是真实写照。我手忙脚乱地帮她把书本收拾好，赶紧小跑着进了教室。

那时紫藤花正开，一串一串，紫红一片，云蒸霞蔚，散发着淡淡的香气。

也许是愧疚心理作怪，那以后，对岑小梦提出的问题我都百倍耐心解释。青春里谁也不知道会发生什么样的故事，我就那么鬼使神差地喜欢上了她。上课神情恍惚，再也无法集中精力学习。期末考试，一落千丈，不要说年级前三，前三十也没有了我的位子。

老师找到我，跟我谈心，可我却怎么也听不进去，满脑子都是岑小梦的影子。我知道，岑小梦也喜欢我，这我从她的眼神中可以看得出。赵老师不知怎么得知了原因，更是严肃地指明利害："醒醒吧，再这样下去，你会与大学的门槛擦肩而过，后悔不迭。"可我居然这样回答："宁愿考不上大学，也不能不爱她！"我的回答斩钉截铁，掷地有声。

要不是看到那一幕，我也不会回头。

那天晚饭后，我拿着书本到学校前的小河边看书，说是看书其实是排解一下连日来的郁闷心情。无意中看到她——岑小梦和一个帅气的男孩有说有笑地站在操场一角，看情形他们很熟悉很亲热。这激起了我的无名之火：好你个岑小梦，我这么痴情，你却和别人要好，辜负了我的一颗火热的心。第二天，我悄悄给她了一张纸条责问她，没想到她却写到：我喜欢谁你管得着吗？他家有钱有势，你有吗？他长得帅气你帅吗？再说，我已经不爱你了，以后你走你的阳关道我走我的独木桥……

看着她用红笔写的绝交书，我羞愧得真想一头扎进学校那口老井，可我转念一想，不能就这么傻，我要叫她有一天后悔，看看哪个男人更值得她爱。我把纸条在手里狠狠搓着，扔到厕所的粪池里。我的初恋就这样画上了残缺

的句号。虽然我们还是同桌，可和陌生人没什么两样。她的话明显少了，眼睛经常红红的。我心里暗自庆幸，觉得解气。

转眼又到期中考试，我没有让自己失望，成绩直线上升，回到年级前三。而她的成绩却明显下降。高中毕业后，我如愿以偿考上了京城一所名牌大学，而她却只上了一所专科学校。

大学以及参加工作后，我也曾试着谈过几次恋爱，可脑子里总忘不了她——岑小梦，忘不了的还有那棵紫藤花以及紫藤花下的那口老井。

八年后，高中同学聚会。我无意中得知了当年岑小梦的那位新男友根本不是我所想的那样，他是岑小梦的表弟，那次也是岑小梦故意让我看到，好绝了我的心思。而且，至今她没有结婚，在一家工厂车间上班。

我费尽辛苦找到她的家，却见门紧锁，锁上生了锈，好久没有开过的样子。我被告知，一个月前，她因为心脏病突发走了。那一刻我的脑子里一片茫然，天塌地陷……

一个小雨过后的早晨，我拿着一束盛开的紫藤花，来到岑小梦的墓前，将那束紫藤花轻轻安放在墓碑上……

从此，在岑小梦的墓地，每年夏日的某一天，都会有一束紫藤花蓬勃绽放在那里……

兰花指

兰花指是我的一个初中同学，本名鲁智深，那三个字和《水浒传》里那个大名鼎鼎的鲁提辖鲁智深一模一样。

在我们县二中初一八班65个同学中，兰花指是很有些特别的。全班同学数他个头最矮，两颗大门牙呲歪着，很容易让人产生些联想。还有，只他一个是农民工子弟。这给他招引来不少别样的目光。

这当然不算什么，兰花指鹤立鸡群的地方是他左手那个习惯行动作——兰花指。有事没事，他总时不时将左手掌伸出来，中指向前，其余四指后仰，状似山崖上怒放着的一朵兰花。大约是他插进我们班的当天，就有人发现了他的这个动作，自然而然地吸引了全班同学的眼球。不久他便得了一个新称谓——兰花指。

兰花指的性格比较内向，平日里嘴巴闭得紧紧的，从不主动与人说话，即便我们当着他的面叫兰花指，他也不喜不怒，一副事不关己高高挂起的样子，好像大家叫得人不是他。我们几个女生常背后嘀咕：这鲁智深，假的！白白糟蹋了这三字。要是那个梁山好汉鲁智深在世的话，一定会揍扁了他。看你还敢叫鲁智深！小样！将来找对象千万别找这样的孬种！最好别和他同学。

上天就好捉弄人，越不想的事偏遇到了。分组，我和兰花指分到了一个组。排座位，又和他成了同桌。这事搞得我这个能吃的大胖子天天吃饭没了胃口，硬是不长时间成了骨感美女。

那天大扫除，我们组一共六个人，负责打扫教室后的那片卫生区。我们几个人都耍滑惯了，不是这个站着玩，就是那个吃瓜子，我则跑到一棵松树下看起了课外书。只有一个人在挥舞着一把打扫帚，认真地清理着卫生区的卫生。不用问，就在知道是兰花指。我注意到，此时尽管手里拿着一把打扫帚，可他那个左手仍然作着兰花指状。

真是个傻帽！我和小马笑着说。他好像听到了，又好像没听到，只管默默地干，他后背都湿了，脸上汗水呱嗒地。本来一个组的任务愣是让他一个人干完了。这情景，让我突然想起了那个鲁提辖鲁智深。别说，真有点像，别的不说，那把大扫帚挥来挥去，就有点像鲁提辖的禅杖——要是没有那个兰花指的话。

兰花指学习挺用功，成绩数一数二，尤其数学最棒。而我最愁的就是数学。这一点让我这中等生很是信服，也是唯一对他有点好感的地方。进入期末复习最紧张的阶段，大家都争分夺秒，谁也顾不上谁，都怕别人超过了自己。碰到数学难题，吭哧不出来，明明兰花指就在身边，可我偏偏不问他，去问前后桌，他们都不是说不会就是没时间。没办法，只好硬着头皮问兰花指。每次兰花指都认认真真解答，百问不厌，活脱脱一个小先生。这也是他唯一说话多的时候。只是讲着讲着，那只手又作着兰花指状。这样我很觉得好笑。

虽然课上用着他的时候我才会和他搭话。下了课立时变了样。照旧和那几个女生取笑他，背后拿他开涮。

我们学校前面有一条大马路，马路上有个大斜坡，天天来往的车辆不断。那天我买了几包瓜子，请那几个死党女伴一起品尝。正当我们在这条大路的斜坡下端逛着，潇洒地嗑着瓜子的时候，突然听到身后有人喊"聂兰，快闪开！"，没等回过头，身子就一股巨大的力量猛地往一侧一推，差点把我推倒。同时有人扑倒在一边。这当儿，一辆大货车从我的一旁飞驰而过。好险啊。惊魂未定，这才看清是趴在地上的那人居然是兰花指，原来刚才是他在背后推了我一把。要不是他，我可能……想想真是后怕！这时他吃力地爬起来，他的手掌和膝盖被磕破了，上面沾了不少沙粒。我慌了，劝他赶紧去卫生室包包。他拍打了一下身上的土，嘿嘿一笑，说不打紧，走了。我又一次注意到，他在拍打土的时候，左手又作着兰花指。

有了这次救命之恩，我对兰花指的态度有些改变。课下主动跟他说话。但他仍然话头不多。想到他那个兰花指，几次想问他为什么这样，可一直没好意思开口。

新学期开学后，兰花指没有回来。我四下打听，终于得知，暑假时候，兰花指的父亲在盖楼时不慎从楼顶上跌下来，造成终身瘫痪，兰花指只得辍学回老家照顾父亲去了。

那一刻，不知怎么的，我鼻子一酸，泪水哗哗地流下来了……

虽然至今我也不知道兰花指，不，我应该叫鲁智深，为什么时不时做兰花指状，是故意作态？是天生的？还是受过某种伤害？还是……一切都无从了解。也许这辈子那个兰花指都将是我心中最凄美的一个谜。

写到这里，一低头，我清清楚楚地看到，此刻，我的右手正拿着一本《水浒传》，左手摆着一个标准的兰花指。

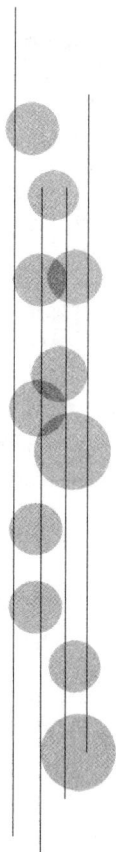

生物书 57 页

那年，我在城关中学上初一。我们班共有 56 名同学。我是班里最调皮捣蛋的学生，经常三天两头惹个小麻烦，班主任和老师们都很头疼，可拿我一点办法也没有。好在我学习很好，每次考试名列班级前茅。老师也有意无意迁就。

期中考试后不久，周一，班上新转来了一个男生，叫赵大壮，个子不高，胖胖的，两道眉毛稀稀拉拉。人却不怎么精明，憨呼呼的，说话也有些结巴。他的样子让我一下子想起刚学过的生物课本第 57 页上的那个插图：画面上是一个得了白化病的男孩，胖胖的，头歪歪着，有些弱智的样子。正巧，赵大壮又是班里第 57 名学生，我便在心里悄悄给他起了个外号——生物书 57 页。

课堂上，我趁老师不注意，撕了若干张纸条，分别写上生物书 57 页，传递给每个男生。大家心领神会，都捂着嘴巴笑了。我庆幸自己真是个起外号的天才。

课下，男生们都朝他指指点点，甚至有的当面喊生物书 57 页，喊完大家都吃吃地笑。他却茫然无知，也跟着咧着嘴巴笑。

第二堂课，语文老师点名。点完，老师问还有没有没点到名的？没等赵大壮答道，我拖着腔调高声喊道："还有一个——"说到这里，我故意停顿下来，朝那些男同学看了一眼，大家心领神会，立即一起喊起来："生物书 57 页！"

语文老师愣了，"什么什么？生物书 57 页，捣蛋！"老师话音未落，赵大壮忽地站起来，说："老——老师，还有我，赵——大壮！"

"你是新来的？叫什么？"老师弯下腰问道。

"我叫——"

"生物书 57 页!"没等赵大壮说完,我们再一次一起喊起来。语文老师这时弄明白了。脸一沉,严厉地批评说:"不要给同学乱起外号,这是极其不尊重人的行为……"

从那堂课开始,赵大壮这才知道自己在班里还有一个名字:生物书57 页。

第二天,赵大壮没来上学。我们的好奇和淘气心理正旺。赵大壮没来,心里都感觉少了点什么。我们猜想赵大壮一定是病了或者家里有什么事。一连三天,赵大壮都没来上学。这令我们很奇怪。

周五那天,班主任把我叫到办公室。我这才知道,赵大壮没来上学与我有关。原来,那天语文老师明白了赵大壮绰号的那天,赵大壮回家翻开课本,找到了生物书 57 页,明白同学们都在奚落他。他哭着闹着不上学了,家里人怎么劝他都无效。班主任去做工作也没成功。班主任叹了口气说:"你知道吗?赵大壮的母亲是个哑巴,父亲个子很矮,靠打工养活一家人,赵大壮三岁那年发高烧才变成这个样子。"

我听了感到很羞愧。我这不是落井下石幸灾乐祸吗?太不仁道了。我眼巴巴看着班主任,听候发落。

"解铃还需系铃人,你是罪魁祸首,现在只有你们几个男生想办法了,请不回大壮……哼!"班主任撂下这句话,下达了最后通牒。

我们几个男生想破脑袋也没想出什么好办法,最后只好赶鸭子上架,硬着头皮去了赵大壮家。我们又是赔礼又是道歉,最后又下了保证:以后再也不叫生物书57 页了,骗人是小狗。并和赵大壮拉了勾:拉钩上吊一百年不许变!赵大壮这才破涕为笑。

赵大壮回来了,我们都松了一口气。可我们都不喜欢他,下了课不愿跟他他玩,他问我们问题我们也懒得回答。他成了一只失群的鸟,孤独极了,常常一个人躲在角落里发呆。

这天,班主任找到我,和我谈心,给我一项任务——让每一个男生都和赵大壮交朋友,并安排赵大壮和我同桌。只要你能和他交朋友,改变现在的这种局面,期末评三好优先考虑。这可是对我很有吸引力的事情。之前我爸爸说过,只要我能评上三好生就给我买一辆山地自行车。

我虽然一百个不乐意,可为了那辆梦寐以求的自行车也只能无可奈何地答应。

　　我开始试探着跟他交往。遇到不会的问题主动教他。谁若不小心叫他那个外号，我会挥起拳头佯装教训的样子。显然，我的这些努力收到了明显效果。班里不少男生都陆续与他交往。渐渐的，大家都已经忘记了他是一个弱智生。现在他已经完全融入我们这个班集体。

　　有一天，他突然对我说："魏鹏，你……再叫我一声……生物书 57 页好吗？我吃了一惊，愣愣地看着他，用手摸着他的额头，没发烧吧？"

　　他结结巴巴地说："我没病……我……我就想听一声生物书……57页……"他恳求似的说。

　　"为什么？"

　　"因为……我是最后来的，咱们班第 57 名同学。我喜欢我们的班级。还有，我……我喜欢生物课，将来我要当一名生物老师，让很多我的学生学到很多很多新知识……"

　　这是那个赵大壮吗？我愣了。我分明看到这是一个和我们一样有着理想和梦想，对未来有着美好憧憬的学生。

　　面对眼前这张真诚的脸，我还能说什么呢？我噙着泪水，重重地点了点头，一字一顿地说："生物书——57 页——"

高 老 师

高三那年，本来成绩一向很不错的我，因为暗恋的缘故，课上课下总是发了疯似的胡思乱想，成绩一落千丈，任课老师都很为我着急。虽然班主任高老师找过我谈过不少次话，好话鼓励的话说了不知道有多少箩筐，但丝毫不起作用。

我知道，这样下去的后果会是怎样。我也曾多次试图摆脱这种境况，但青春的荷尔蒙像火山喷发一样汹涌澎湃，势不可挡。我依然沉浸在自己编织的爱的梦幻中不能自拔。我颓废极了，懊恼极了，但也无可奈何，只好听天由命。

随着成绩的急剧下滑，我已明显感觉到，我由以前所有任课老师的宠儿，变成了老师遗忘的角落。就这么混天聊日地过着。后面黑板上高考倒计时上的日期换了一次又一次，高考的脚步越来越近，战前的沉闷气氛越来越浓重。我也变得越来越烦躁不安。

一个晚自习，我正趴在课桌上做起白日梦，心里遐想着和暗恋的她一起漫步在花前月下卿卿我我的美景。这时，高老师进来了，走到我跟前，拍了一下我的肩膀，示意我出去。我跟着高老师出了教室。在教室前面靠小河边的一棵大板栗树下，高老师再次和我谈心。我记不清他当时说了些什么，只记得高老师最后恶狠狠地说："我早就知道，你是扶不起的阿斗，一辈子都不会有出息！"可以想象，这话对我是多么大的刺激，你也可以想象，我心里有多么气愤。

黑夜里高老师看不清我的表情。我狠狠地瞪大眼睛，死死地盯着他。我在心里发狠：高老头，你等着瞧吧，看到底我有没有出息？没等谈话结束，我气呼呼地转身跑进教室。从此，我摒弃一切杂念，发奋学习，早晨第一个起床，每晚最后一个离开教室。几个星期过去了，我的学习成绩开始回升。

但我心里一直想着高老师的那句话，没有半点骄傲和懈怠，越是学习成绩上升了，我越是更加刻苦。这期间，我一直负气没跟高老师说过一句话，就连看他的眼光也充满了敌意。

第二年夏天那个黑色的七月，我抱着必胜的信念走进了县一中的考场。半个多月后，成绩出来了，我的高考分数名列在全班前五名。班上的许多同学都向我投来惊讶的目光。我品尝到胜利的喜悦。

不久，我被一所师专学校录取，圆了自己的大学梦。当很多高中的同学都去看望高老师的时候，我故意撇开他不去，甚至当着他的面向其他任课教师致谢，单单不和他搭腔。

两年后，我被分配到了家乡的旮旯初中，成了一名语文教师，也是那所山区学校唯一的大学生。在以后的上课中，每当遇到学习不勤奋的学生，我总拿自己的那个卧薪尝胆的例子来鼓励学生。

一次偶然中，我发现，每次讲这个故事的时候，班上有个名叫高丽的女生总是泪眼汪汪。我以为她被我的感染了，心里越发得意和满足。我甚至有了一种成功的感觉。但是，在一次批阅这个学生的作文中，我却发现了这样一段文字：老师，您好！您也许不知道，我就是教过您的班主任高老师的孙女儿。您完全误会了我爷爷。您不知道，他是多么挂念着您……他到临死的时候还念叨着您的名字，渴望着能与您见上一面……天哪！这个学生居然是高老师的孙女！高老师已经去世了！我真不敢相信这一切都是真的！

在第二天，我怀着印证和怀疑的复杂的心情家访了高丽，第一次走进了班主任高老师的家。在高老师生前的书房里，仍然整齐地摆放着一摞摞教科书和厚厚的几大本工作笔记。

在封皮都有些破碎的那本高三笔记本里，我看到了这样的一些熟悉的字迹：今天，我平生对一个我最喜爱的学生说了一句最刻毒的话，我知道，这会多么的伤人心。但是，他已经陷在暗恋中不能自拔，我只好使用激将法了。也许他会恨我一辈子，但只要他能考上大学，有个好前程，即便恨我我也不后悔。相信有一天，他会明白我的苦心……

在另一本日记本里，我看到这样的话：今天在集上看见在旮旯初中教学的我的一名学生，我多想去跟他说几句话，师徒俩好好聊一聊。可他还为那句话记恨我。我不知道还有没有机会……我教了几十年的书，教过的学生不

下上千个，苦口婆心说过很多话，但说过的最粗鲁的一句话就是当年对他说的那句话。但我至今仍然认为，这是我这一辈子说的最成功的一句话……

高丽红着眼睛告诉我，她的爷爷写这篇日记的时候已经病入膏肓，抬手都很困难。他曾要求我爸爸送他去呇屸学校看看我，可没等送他就匆匆去世了。

高丽说，我本不想告诉您这一切，可是我觉得不告诉您实情，我爷爷在地下也不会安息。

捧着高老师的日记，我泪眼婆娑，恍惚回到了高三，回到了那个无知莽撞的青春年代，矮小干瘦的高老师正站在我们的眼前，神采飞扬地给我们上课，苦口婆心地与我们谈心，聚精会神批改着作业……我的心在颤抖，那个我曾经憎恨的高老师正微笑着朝我走来，越来越近，越来越高大……

合上日记本，我随高丽来到向阳坡上那座矮小的坟前，将这颗倔强的头颅深深地弯了下去……

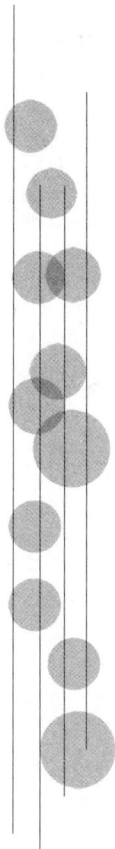

倔强的牛仔裤

要是有人问："雪小米最喜欢穿什么衣服？"她班上的同学一定会说："这还用问？牛仔裤呗，那可是她的最爱！"

雪小米爱穿牛仔裤在马前小学是出了名的。春夏秋冬，一年四季，365天，要是哪天见她不穿牛仔裤那可是一件稀罕事，稀罕得不亚于日从西山出东山落。

雪小米就读的马前小学地处偏僻乡村，学校没有统一要求学生必须穿校服，事实上很多学生也穿不起校服。雪小米就是穿不起校服的学生之一。

雪小米5岁时父亲病故，母亲患有严重风湿性关节炎，干不得重体力活，只能靠捡破烂所得的微薄收入维持母女的生计。

雪小米是个很爱美的女孩。当看到那个来村里走亲戚的女孩穿着一条牛仔裤从家门前走过的时候，雪小米的眼睛就直了。从不向母亲要好衣服穿的她破天荒提出要一条牛仔裤。母亲很惊讶，半天沉默不语。雪小米紧咬着嘴唇硬是没让眼泪流下来。可那条牛仔裤一直在雪小米的眼前晃悠来晃悠去，把雪小米的心晃悠得痒痒，晃悠得心疼。有几次雪小米睡梦中咯咯笑了，喊着：我也有牛仔裤了……这一切都被母亲看在眼里。

自从雪小米提出要牛仔裤的那一天起，母亲比以前出去的更早了，回来的也更晚了。就在雪小米对牛仔裤几乎不抱任何希望的时候，母亲给了她一条牛仔裤。这是一条崭新的牛仔裤，苹果牌的，响当当的名牌货。雪小米乐了，搂着妈妈的脖子在妈妈那张疲惫不堪的脸上小鸡啄米似的一连亲了十几下。把妈妈的心都亲醉了。雪小米不知道，那一刻，是妈妈有生以来最幸福的一刻。

从那天起，这条牛仔裤连同裤子上的那个大大的标签就从没离开过雪小米身上一天，穿牛仔裤成了雪小米的标志性打扮。

要不是那几个城里的陌生人来到这里，这条牛仔裤带给雪小米的也许只有无穷无尽的快乐和幸福。

那天，学校来了几个献爱心的阿姨。她们想结对帮扶品学兼优的困难学生。雪小米是学校挑选的备选帮扶对象之一。

事情本来进行得很顺利，那个细高挑阿姨看着雪小米的学习成绩单和照片说，就她了！可当雪小米出现在阿姨面前时，阿姨居然愣了片刻，从雪小米身边走过去，和另一个女孩结成对子。

接下来的一个学期，接连来了四五批帮扶困难学生的城里人。可她们和那个细高挑阿姨一样，看到雪小米后，都不约而同地放弃了，择了别的女生捐助。

一次又一次落选，让雪小米的老师最终明白过来，那些热心人之所以放弃捐助雪小米，问题就出在那条名牌牛仔裤上。好心的老师们要雪小米换掉牛仔裤，或者等那些捐助的人走了以后再穿，可都被雪小米坚决拒绝了。

我宁愿不要别人的捐助，也要穿牛仔裤！雪小米站说这话时站直了身子，话音里没有半点商量的余地。这让老师们感到很惊讶：瞧，这孩子真倔，真傻！

因此，当许多孩子因为有了好心人的捐助生活和学习情况得到明显改善的时候，雪小米却依然如故。母亲瘸着腿，天天出去捡破烂。雪小米还是天天穿着那条牛仔裤走来走去。

终于有一天，又一批好心人来到这里。就在一个个捐助者绕过雪小米的时候，有一个漂亮的姑娘在雪小米的身旁停下了脚步。她仔细看着雪小米身上的牛仔裤，拉着小米的手说："你穿牛仔真漂亮，你是我见过的最有精气神的孩子。"就这样姑娘和雪小米结成了助学对子。

在那位姑娘的帮助下，雪小米母亲的病得到了很好的治疗，小米的学习进步更快了。一年后，雪小米以优异的成绩考上了县重点中学。

雪小米的包裹里，始终装着那条苹果牌牛仔裤，尽管升入初中后那条牛仔一天也没穿过。事实上，雪小米的个子已经长高，牛仔裤已经无法穿了。

十年后，雪小米大学毕业了。特优生的她主动放弃了留省城或去沿海城市工作的机会，毅然回母校当了一名小学老师。

在第一堂课上，她给学生讲了一个女孩和一条倔强牛仔裤的故事。故事末了，雪小米自问自答："知道女孩为什么坚持要穿那条仔裤？因为女孩知

道，那是母亲为了满足女孩的愿望，早出晚归，整整捡了两个月的破烂买的，只是母亲不知道那牌子是假的……"

雪小米说："想知道那个女孩是谁吗？远在天边近在你们的眼前——是我！"雪小米说到这里，指了指自己。"我那时只有一个想法，不能为了得到别人的帮助而随意糟蹋母亲的劳动，糟蹋人世间最宝贵的母爱……"

雪小米说这些话的时候，眼睛里泪花闪闪……

高板凳矮板凳

那年的冬天似乎来得特别早。11 月中旬，当我腰椎病初愈，重返讲台的时候，已经是第二场雪了。

走在去初三一班教室的那条小路上，阳光正亮亮地照在雪地上，泛着白灿灿的光。踩着厚厚的白雪，听着脚下发出咯蹦咯蹦的响声，看着远近的景物都覆盖在皑皑白雪之中，心里感到从没有过的快意。

三一，这是一个所有教师眼中的差班。但我一直坚信，没有教不好的学生，只有不会教的老师。所以当学校让我半路接这个班的语文课，面对那些陌生的面孔的时候，我没有半点犹豫和不情愿。

提前几分钟进了教室，只见学生们都在静悄悄地等待着老师上课。我走上讲台，习惯性地将目光巡视教室一圈，暗暗地将学生数了一遍，突然发现少了一个学生。之前班主任曾告诉我，这个班共有 52 名学生，现在却只有 51 名。莫非数错了？赶紧又数了一遍，还是 51 个！

我问学生，"今天有请假的吗？"

"没有。"学生齐声说。

"那怎么缺了一个同学？"

"没有啊，52 个，一个不缺！"学生肯定地说。

这怎么回事？我疑惑地走下讲台，一排一排地数。当走到中间最后一排，看到那个几乎杵到地宫里去的男生时，这才恍然大悟，他坐得太矮了，在讲台上根本看不到。一侧头，我发现，全班同学只有他一个人坐着一个非常矮的小凳子。坐这样的凳子上课，根本看不到黑板，更不用说写字。

"对不起，我把你给漏数了。"我红着脸，歉意地说。"你怎么坐这么矮的凳子？"

"我……我原来的凳子被我弄坏了，家里没有别的，就这一个……"男生嗫嚅着。

我知道，为了公物管理，学校规定，学生一旦毁坏自己的桌椅板凳，对不起，一律各人自己想办法解决。

"那你父母怎么不给你换个高凳子？他们拿你的学习太不当回事了吧。"我不解地说。当看到男孩穿着很是单薄，脸上也有几天没洗的样子，我又于心不忍了。

过后把矮凳子换了，还有，多穿点衣服，大冷的天。

好了，上课！……

第二天，又到这个班上课。赵大猛还坐着那个矮凳子，杵在那里。

第三天，照旧坐着那个矮凳子。

……

这样过了一周，赵大猛还坐着那个矮凳子。

我有些生气了。

下了课，回到办公室，我把这件事说给班主任老王听。老王说："你说的就是那个赵大猛吧？他整天蔫蔫的，无精打采，好像从来就没睡醒过。学习吊儿郎当，全班倒数第一。任课老师不知道说了他多少次，就是老样子。哎，说来也怪可怜的，他父母在一起车祸中丧生，跟着七十多岁的奶奶生活。他奶奶那么大年纪，管不了也没法管他……在这样一个学生身上下工夫，还不如多管管那些学习好的。你以后少管他，只要他能上课遵守纪律就行。"

听了老王的话，我心里说不出是个啥滋味，晚上想了很多很多。

我将学校照顾腰椎不好，特意配给我的那个高凳子拿给赵大猛坐。起初，赵大猛怎么也不乐意，在我一再坚持下，赵大猛嘴唇哆嗦着，勉强同意了。

我在讲台上看到，赵大猛坐着和同学一样高的凳子，腰板挺得直直的，课听的特认真。

以后的每一节课我都站着，我的那个高凳子也一直是赵大猛坐着。一节课下来，虽然腰板又酸又疼，可我都强忍着坚持着，不让赵大猛看出来。

没想到，这样站着刚教了一个多月，我的腰椎病又犯了，疼痛让我无法忍受，只好暂时休假养病，直到这个班的学生毕业我也没能重返校园。

　　丈夫为我把高凳子让给学生而累坏了腰责备我不下一千次，每次都被我一句"我是老师，我乐意"给挡了回去。

　　但我心里一直惦记着赵大猛，后来听来看我的学生说，赵大猛初中毕业没考上高中，到外地打工去了。

　　几年过去，我的腰椎病一直没有好转，只好申请了病退。整天待在家里，啥也干不得，心情很是烦闷，便一遍遍地回想我教过的那些学生的每一个细节。没想到，赵大猛坐着矮凳子的情景在我心里的印象却是如此深刻。

　　哎，也不知道他的近况怎样了。这天，当我躺在床上，又一次为赵大猛叹气的时候，丈夫进来了，递给我一个鼓鼓囊囊的大邮包。邮包上写着：送给最敬爱的老师。可惜没有名字。

　　会是谁呢？我猜测着，忙让丈夫拆开邮包一看，是一个非常精美的躺椅。做这样一把躺椅一定会费不少工夫。

　　是谁寄的？找来找去，终于在包里发现了一张字条，上面写着：老师，您也许不记得我了，但我却永远记得您。在我最悲观没有谁愿意理我的时候，是您，将高凳子给了我，自己却忍受着腰椎的疼痛。我是多么混账不懂事，您的病复发完全是因为我的缘故。可这一切都无法弥补了……我现在在南方一个木器厂打工，这是我用工余时间专门为您做的一把椅子，希望您坐着更舒服一点。虽然我没考上学，可能为老师做点事我觉得我还有用，这世界还有爱……

　　是他，赵大猛！刹那间，眼前又浮现出那个坐着矮凳子杵在桌子下的那个瘦小的男孩。

　　能为老师做点事我觉得我还有用，这世界还有爱……我反复品读着，眼前模糊了。大猛啊，你哪里知道，这辈子我再也起不来了，你的这把躺椅永远排不上用场了。可我会把它当做这辈子收到的最珍贵的礼物，永远珍藏在我的心里。

最美味的鱼

前几天，一场事前没有任何征兆和预报的寒流，把我击得晕头转向，一口气打了四五天点滴。年终考试来临，作为主抓学生纪律的政教主任，无论如何也不能在家呆了。这不，今天刚有所好转，中午我就早早去了学校。

刚到校门口，发现初一（1）班的赵爱祥低着头走着，手里提着一条四五斤重的白鲢鱼，褂子的衣袖和大半截裤腿湿漉漉的，滴滴答答地往下滴水。后边跟着一个中年男子，一脸怒气。

全校一千四五百名学生，大部分只面熟，叫不出名字，但对这个赵爱祥，我一点也不陌生。他是个走读生，家住在离学校不远的地方。他的个子和学习成绩持平，全年级倒数第一，说话结结巴巴，上课教室爱进就进，想出来就出来。这还不算，说不上什么时候不高兴了，拳头落在班里某个同学的身上。老师和班主任谁都拿他没办法。据说他父母讲，这孩子生的时候受了点屈，先天性智障。班里和学校只好由着他。他因此成了学校的另类和学生取笑的对象。我曾多次找他谈话，也想方设法鼓励他，也曾试图增强他的信心，但一切都是徒劳。

看到那名男子怒气冲冲和赵爱祥垂头丧气的样子，我心里咯噔一下：完了，肯定又惹麻烦了！果不其然，那名男子看我是个老师模样，径直朝我走过来，很激动地说："老师，您看看您学校的学生，竟然偷偷到水库偷鱼……"学校南头有个中型水库，里面用网箱养了不少鱼，这名男子就是那个养鱼的。

寒流刚过，天气冷得厉害。赵爱祥缩着脖子，脸色铁青，一脸鸡皮疙瘩，两只手冻得通红。再这样下去，要冻坏的。见状，我赶紧向那个中年男子赔礼道歉，并掏出30元钱赔他。那个养鱼的男子拿着钱走了。我接过鱼，领着赵爱祥到了我的办公室。我让他靠近暖气，一边烘衣服，一边问他为什么去

水库拿鱼？我故意避开偷字。他歪了几歪头，看着我，结结巴巴地说："老……老师……我……我想……"

"想什么？慢慢说。"

"我想拿鱼给……给您……"

"什么？给我送鱼?!"我疑惑地说。不可能吧？说实话，到底为什么去拿人家的鱼？我故意脸一沉，在"拿"字上明显加重了语气。

老……师，我真的拿……鱼给您……他急得差点流泪了，说话也结巴得更厉害。

看他很认真的样子，我缓和了一下语气，说："那你说说看，为什么给我送鱼？"

那次您……给我买……馒头吃……他自言自语道。

买馒头？哦，我想起来了，是有这么回事。两个星期天的一个中午，我早早来学校值班，发现赵爱祥一个人在校园里瞎转悠。我随口问了他几句，他说还没吃饭，没钱买饭。我当时去伙房买了两个馒头给了他。可这事跟拿鱼有什么关系呢？难道他想报恩？还是另有原因……

前些天听一个老师说，您得了重感冒，我想买鱼给您吃，可我家没钱，就……就……他低着头，两脚交叉着，来回搓着。

多懂事的孩子！我真不敢相信，这就是别人眼里那个有些弱智的赵爱祥？我分明看到了他的一颗金子般的心。

我轻轻拍着赵爱祥的肩膀说："你是个好孩子，老师谢谢你。不过，以后再也不准做这种事了，明白吗？"

"明……明白！老师，我真的是个好孩子？以前从没有老师说我是个好孩子。他边说边高兴得跳起来。我真的是个好孩子？"他再次问道。

我重重地点了点头，说："你不仅仅是一个好孩子，而且还是我的一个亲戚家的孩子！"

"是吗？我怎么不知道？"他茫然地看着我，疑惑地问。

"以后你慢慢就会知道。"说着，我把自己的一条围脖轻轻围在他的脖子上。

"老师，鱼给您！"赵爱祥说着，把鱼往我手里一塞。"嗷嗷嗷……我也是个好孩子，我是老师亲戚家的孩子……是厉老师亲口告诉我的，看哪，围脖也是老师送我的……"赵爱祥一边喊着一边跳着跑回教室。

望着他欢快的身影，看着手里那条冰凉的鱼，一股暖流倏地涌上心头，我的眼睛润湿了。

放学的时候，我把赵爱祥叫到我家，做了满满一大盆鱼汤，一起分享这顿美味。从不爱吃鱼的我那次吃得是那么特别多也特别香。

很快，不少学生都知道赵爱祥是政教主任的亲戚。每当听到有学生这么说，看到赵爱祥一脸幸福的样子，我心里比吃了蜜还甜。

这么多年来，我曾参加许多场合，见识过，也吃过各种各样的鱼，其中不乏名贵的鱼，但迄今为止，赵爱祥送的那条普普通通的白鲢鱼是我吃的所有鱼中最美味的鱼。

下 划 线

上午快放学的时候，政教处赵主任还在办公室里赶写一份关于如何有效加强特殊学生管理的报告，体育老师小王兴冲冲推门进来：主任主任，报告一个好消息，这次全县越野赛我们学校夺得了团体总分第一名，赵大鹏夺得第一，胡群第五……

有个第一的？好，太好了，马上写出去，全校通报表扬。赵主任刷刷刷，写了一份通报，吩咐政教员马上抄在学校宣传栏。

很快，宣传栏的那块巨大的黑板上，便出现了这样一行文字：在刚刚结束的全县中学生越野比赛中，我校夺得团体冠军，实现三连冠。其中赵大鹏以45分15秒的成绩夺得个人第一名，胡群第二，牛伟第五。这是他们奋勇争先、刻苦训练的结果，是全体同学学习的榜样……云云。

激动人心的消息，配上那一手漂亮的红色粉笔字，显得那么喜气、气派、大方。赵主任越看越高兴。在他的眼里，每一个名字都是那么可爱，那么叫他喜欢，脸上笑成了一朵花。

通报一出，黑板前很快围满了观看的师生，大家叽叽喳喳议论着，相互传递着这振奋人心的好消息。

中午饭，赵主任破天荒美美地吃了两大碗米饭。

下午一上班，赵主任习惯性地朝宣传栏看去，脸上顿时晴转多云：黑板上，赵大鹏名字的下边赫然画了一条粗壮的白粉笔线。赵主任端详着，那道线画的认认真真，笔直笔直的，绝不是随意画上去的。那么显眼、刺目。

谁这么大胆，胆敢在宣传栏上乱涂乱画！真是岂有此理。查，一定要查！赵主任是个做事认真、一丝不苟的人。

但，多年的学生管理经验让他很快又冷静下来：奇怪，怎么唯独只有赵

大鹏这个冠军的名字下有下划线，其他没有？难道是学生的恶作剧？还是……这里面肯定有文章。多年养成的严谨的工作作风，让他决心弄明白。

解铃还需系铃人。赵主任找到赵大鹏的班，赵大鹏不在教室。赵主任向学生了解赵大鹏的情况。学生七嘴八舌地告起状来：

赵大鹏仗着自己身高马大，经常在班里欺负小同学，上周还把一个小同学的作业本给撕了……

他上课三天两头调皮捣蛋，出怪动静，弄得老师很生气……

赵大鹏作业经常不完，自习课还私自下位……

……

"老师，我看见赵大鹏今天中午在宣传栏上画什么。"一个女生小声说。

什么？果然是他自己画的。这个赵大鹏胆子不小。除了能跑，看来还真是一无是处！原来赵大鹏居然是这样一个学生，我得有奖有罚，好好教育教育。

赵主任让学生把赵大鹏叫到办公室。

"报告！"一声春雷般的喊声。没等赵主任批准，一个身高体壮、粗眉大眼、虎头虎脑的小伙子推门进来，挟带的风把赵主任办公桌上那份还没写完的报告刮得呼呼啦啦响。

很精神的一个小伙子。赵主任心里不由得喜欢上了眼前这个满身不是的学生。

"祝贺你这次为学校争得了荣誉。"赵主任说。

他不好意思地笑了。

"知道我为什么叫你来？"

"不是祝贺我夺得冠军吗？"赵大鹏红着脸，仰着头说。

"别装了，说说，你为什么在你的名字下画下划线？"赵主任一脸严肃地说。

"我……我……只想……"他吞吞吐吐地说。

"快，说出你的真实想法！"赵主任话音里明显严厉了几分。

"老师，平时班主任和同学都说我一无是处，是班级的害群之马，可我这次得了冠军，我很高兴很开心。我想让更多的老师和同学都引起关注，看看我也不是他们想的看到的那样……所以，我就偷偷画了线……老师，我错了……"赵大鹏深深低垂着头。

　　赵主任眼前一亮，这是学生眼里的赵大鹏吗？可眼前站着的明明是一个荣誉感很强、有上进心的孩子。赵主任看到了一颗年轻的充满活力和奋进的心。

　　赵主任站起身，走到赵大鹏跟前，轻轻拍了拍他的肩膀说："不，你做得很对！小伙子，走！"

　　赵大鹏疑惑地看着赵主任，那是一双鼓励和信任的久违的眼神，心里感到莫名的温暖。赵大鹏跟在赵主任的身后，不知道老师葫芦里卖的什么药，不免又有些疑惑。

　　赵主任在宣传栏下停下了，拿出一截白粉笔，弯下腰，在赵大鹏的名字下，认认真真地又加了一条下划线。赵大鹏的名字在两条粗壮的下划线的映衬下，显得越发醒目。每一个走过这里的老师和同学都不由地多看一眼，又一眼……

　　看着那条新的下划线，赵大鹏流下了两行热泪。那是幸福的喜悦的眼泪，是信任的新生的眼泪……

　　赵主任的眼睛润湿了。

　　阳光下，两条白色的下划线闪着银色的光芒，熠熠生辉，光彩夺目。

　　赵主任快步回到办公室，拿起那份还没有结尾的报告……

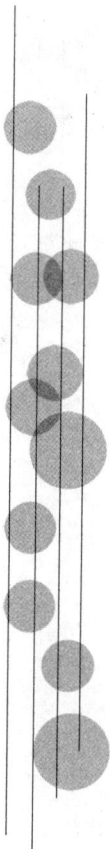

新来的保安

我们学校的保安是两名即将内退的老教师。与日益严峻的安全形势相比，显然已经不相适应，亟须配备年轻力壮专业化强的保安。

星期天，听一个老师讲，学校从保安公司聘请了一名保安。这名保安有些特别，主动要求来学校当保安，并且别人一天执勤 7 小时，他坚持要执 14 小时，也就是说从早晨七点到晚上九点，都他一个人干。干两个人的活却只要一份工资。我也想不通，现在这社会还有这么傻的人？怪怪！

周一我提早去了学校。到校门口时我径直往里走，冷不丁被一个个头高大的男子拦住了。那人打着停的手势，站在大门一侧：同志，您好，找谁？我一愣，仔细一看，这是一个四十多岁的男子，穿着一身崭新的保安制服，皮带扎在腰间，脸色黝黑，下巴左侧有一个小拇指肚大的黑痣。很精神很威严的一个人。不用说他就是新来的保安。

我是学校的老师。我点明身份，心想他一听准会放我进去。不料他却说，老师您好，对不起，请出示身份证。我说："不用了吧？我确实是学校老师。"他却坚决地说："不行，就是校长来了也得出示身份证，并且登记。"

真是认真的一个人。幸好我随身带着身份证。我拿给他看，又在本子上做了登记。他把左手举到左眉位置，朝我打了个标准的敬礼，用洪亮的声音说："赵老师，您请进！我姓岳，岳飞的岳，谢谢合作，祝您工作愉快！"嘿嘿，这保安有意思。

那天早晨，有七八个教师因为没带身份证被堵在门外，最后由校长亲自领进去。另外，还有十多个没戴学生证的学生，写好保证书后，被班主任领进去。这也招来了不少教师的反感，纷纷到校长室提意见，说这个新保安太死板，建议重聘。

"见过保安吗？这才叫保安。况且人家老岳刚来，谁也不认识，不要身份证，不登记怎么行？"校长的一句话把那几个老师挡了回去。

中午，我早早来到学校值班，发现老岳啃着一个馒头就着咸菜疙瘩喝白开水。真是够艰苦的，一定是下岗职工。老师，您早！谢谢合作！祝您心情愉快……一连串的问候语让我心里热乎乎的。一种被尊重被关爱的感觉油然而生。我连忙说："您辛苦了，也祝您工作愉快！"老岳脸上像拂过一阵春风，开心地笑了。

下午上课的时候，我发现老师们都自觉带着身份证。那些平时不愿意戴学生证的学生也都一个个乖乖戴着了。

那天，当我跟同事说起新来的保安对老师很有礼貌，执勤很规范。同事很不屑说："新媳妇喜三日，他是初来乍到，想种个好印象，肯定坚持不了多久，不信等着瞧。"我也想，是啊，要是天天这样，那还不把他给累死。

我开始悄悄观察他。让我大跌眼镜的是，他天天都早早站在门口问好、登记、打敬礼，开门、关门，每一样都做得一丝不苟，恰到好处。

更让我吃惊的是，两周不到，全校五六十个教师，他已经全部认的，都能准确地说出老师的名字和家庭住址。要知道，我刚调来的时候，用了整整一个学期才基本熟悉过来。

大约是三周后的一天，我无意中听学校的一个领导说："老岳可不一般。以前在某企业当过厂长。我知道，那是一个中型企业，有几百号人。怪不得看起来他的气质跟一般人不一样，人家当过大领导。"

有一个问题始终让我很纳闷，按说他那个年龄正是事业前途如日中天的时候，怎么会来学校当保安？而且一人干两人的活却拿一分工资？这里面肯定有文章，莫非是犯……

那天我值班，闲着没事，我到保卫室去，跟老岳闲聊起来，顺便说起了我的疑惑。老岳脸上的笑容顿时凝固了，眼圈红了。我吓了一跳，老岳这是怎么啦？

赵老师，您真的想知道？我点点头，又摇摇头，说不愿意就别说了。

不，难得和您言谈投机……老岳一下子陷入了深深的回忆之中。

原来，老岳原本有一个幸福美满的家庭。他当厂长，妻子在家照料家务，有一个活泼可爱的儿子。一家三口和和美美。可是，四年前，一个心怀对社会不满的男子闯进儿子所在的小学，一连砍死了七八个孩子。儿子不幸遇难。妻子疯了，死了。他辞掉厂长职务，到保安公司当了一名保安。他先后

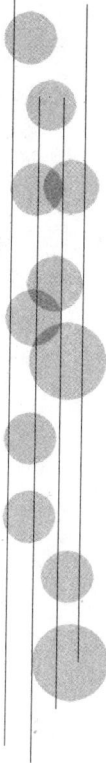

在七八个小区当保安，可惜一直没有到学校当保安的机会。所以他毫不犹豫地来了我们学校……

对那个轰动一时的校园伤害事故我是知道的。听说案件发生时那所小学的门卫老师正好脱岗。要是门卫负责一点，悲剧就可以避免。可惜生活没有要是，没有如果，也没有假设。

老岳还在讲着，我鼻子一酸，眼泪差点流下来。原来在这个外表坚强威严的背后还有这么一段心疼的故事。

老岳说，要是我的孩子还活着，也该上初中了，说不上还在我们这所学校念书呢。老岳说着，眼睛一眨不眨地看着校园里正在上操的学生，目光是那么慈祥……

后来，我调到了另一所学校，虽然对从前那所学校的事情知道的少了，但有关保安老岳的故事陆陆续续传到我的耳朵里：老岳把没拿身份证的教育局局长挡在校门外，老岳为一个重病学生捐出了一个月的工资，老岳为阻止一个醉鬼进校门被砍了一刀，老岳……

不知什么缘故，每次听到老岳，不，是岳师傅，岳老师的新故事，我的眼泪总会没来由地流下来。

你就是一朵百合花

讲课大赛正在进行。

执教的牛老师是一位非常优秀的语文骨干教师。这是学生升入初中以来上的第一节语文阅读课。伴着牛老师声情并茂的朗读，林青玄的名篇《心田上的百合花开》将全班同学带进了一个如诗如画的世界：

在一个偏僻遥远的山谷里，有一个高达数千尺的断崖。不知道什么时候，断崖边上长出了一株小小的百合……它的内心深处，有一个内在的纯洁的念头："我是一株百合，不是一株野草。唯一能证明我是百合的办法，就是开出美丽的花。"……

多么坚强、自信、倔强、纯洁、有着崇高目标和追求的一朵花！每一个同学都被百合花的形象和气质深深地感动了，前排几个女同学的眼睛里早已溢满了泪花。

讲课进行到下一个环节。

牛老师："同学们，假如现在你的手中有这样一朵百合花，你最想送给的人是谁？"

小李："我最想送给我的妈妈，她整日忙着做工，供养我读书学习，非常辛苦。所以我想送给她。"

小张："我的同桌刘敏敏很关心我的学习，经常为我辅导功课，我很感激她，这朵花我最想送的人就是她。"

小赵，我最想送给老师……小马，最想送给我表妹……小杨，我最想……

同学们一个个争先恐后地回答着。

很好，你们的想法很纯洁，很美好，谁还想发言？请畅所欲言，想说就说。

话音刚落，教室后边响起一个怯怯的声音："我……我想送给…送给我自己!""自己"两个字突然加重了语气。听得出这个声音既紧张又激动。

声音未落，教室里顿时响起了一阵哄堂大笑。大家议论纷纷："送给自己？咦？还有给自己送花的？"哈哈哈！笑声是那么放肆，那么刺耳。

几个在座的听课老师看着笑得前俯后仰的学生，寻找着那个回答问题的声音，一个个互相使着眼色，目光全部聚集到牛老师身上。

牛老师摆摆手制止了哄笑。一手擦着眼镜，寻声望去，原来是后排座位上的小毛。此刻他正红着脸，低着头。牛老师清楚地记得，小毛是上学期从乡下转来的学生，身材瘦小，学习成绩很差，性格有些内向，加上深深的自卑，平时很少主动跟人说话，一说话就脸红到脖子根。小毛的母亲因为不堪贫困，在他两岁时一去无了音讯。是老实巴交的父亲拉扯他长大，现在父亲在城里一家建筑工地打工。班里那些调皮的学生给他起了个外号"林妹妹"。

牛老师严肃地巡视了一圈，望着小毛，脸上写满期待地说："请小毛同学讲一下理由好吗？"

小毛腼腆地站起来，说："我喜欢百合花的坚强，虽然生长的条件艰苦，但她知道自己是一朵花，是花就要开放，为自己，也为了这个可爱的世界。我钦佩她，喜欢她，我想做这样的一朵花……"小毛一口气说完这些话，长舒了一口气，激动地看着牛老师。

教室里寂静了片刻。突然爆发出一阵热烈的掌声。

"好！我相信你，你就是一朵百合花，你一定会成为一朵最棒的百合花!"牛老师郑重其事地说着，目光里满含着期望和信任。

小毛笑了，脸更红了。

那节课上，小毛记住了课文中的一句话："不管别人欣不欣赏，我们要全心全意默默地开花，以花来证明自己的存在。"同时他也记住了牛老师的那句话："你就是一朵最棒的百合花!"

从此，小毛的身上发生了许多变化：上学不再迟到，上课也认真听讲了，课下总是主动缠着老师问这问那，学习成绩直线上升。

三年后，小毛以中考第一的成绩被省重点中学录取。又三年，小毛成了一所名牌大学的高材生。

暑假到了，小毛来到母校，看望他最尊敬的老师。然而，此时的牛老师已身患绝症，病入膏肓，面容憔悴，眼神暗淡无光，完全不见了当年课堂上

的飞扬神采。

小毛的心头突地一沉，心里隐隐作痛。他不知道自己该怎样说怎样做才能减轻恩师肉体的痛苦。看着老师的眼，那句铭刻在心的"你就是一朵最棒的百合花"又一次回响在耳畔。

小毛知道自己该做些什么了。第二天，当他再次站在牛老师的病床前时，手里多了一朵盛开的鲜艳无比的百合花。

"老师，还记得您当年跟我说的那句话吗？现在我将它赠送给您：老师，您就是一朵最棒的百合花！"

说着，小毛高声朗读起《心田上的百合花开》……

一双手紧紧地攥住另一双瘦削的手。一滴晶莹的泪珠从牛老师塌陷的眼窝里悄然流出。病房里的百合花香更浓了。

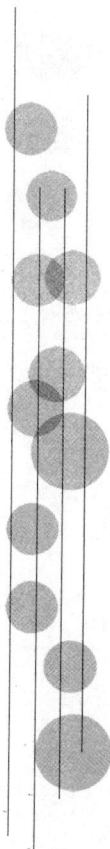

54 枚粉笔头

全市语文优质课比赛正在旮旯初中二（2）班教室里举行。执教的是县里有名市里挂号的教学能手马老师。这个马老师向来以教学严格著称。

马老师是两月前接手的这个班。全班 54 名学生。不爱学习、违规违纪的学生随便一抓就能抓一大把。稳不住（闻小明）、糊里糊涂（胡玉光）……等等学生更是谁教谁头疼。前任班主任因为受不了学生的气撂了挑子。没人愿意捧这个刺猬。马老师偏不信这个邪，自告奋勇担任了这个班的班主任。经过两个月来的苦心整治，虽然班风大有好转，可违反纪律的现象仍时有发生。

这不，今天这堂课上，稳不住的老毛病又犯了。不是拿铅笔头戳戳这个男生，就是扯人家女生的辫子，再不就朝前后左右扮个鬼脸，弄得一圈不得安定。

在这样一个非常严肃的场合，发生学生公然违反课堂纪律的现象，这优质课的评奖档次肯定是要大打折扣。听课老师的眼睛都投向马老师。马老师就是马老师。只见他一只手捧着书，不动声色地讲着，另一只手早已伸进粉笔盒，摸出一枚粉笔头，趁稳不住扭头戳别人的空隙，伴着一个潇洒的扬手动作，那枚粉笔头在教室的上方，划了一个优美的弧线，在稳不住刚好一扭头的瞬间，落在了稳不住的鼻头上，留下一个圆圆的白点。几十双眼睛齐刷刷落在稳不住的脸上，紧接着，教室里顿时响起一阵哄堂大笑。马老师也笑了。听课的老师也捂着嘴笑了。稳不住红着脸，慌忙低下头，再也不敢正视老师和同学。

教室里出现片刻的安宁。这种局面没维持多久，那边角落里骤然鼾声如雷。糊里糊涂正做着黄粱美梦，嘴角的涎液流成了小河。马老师没有停下来，一边继续讲课，一边将手插进粉笔盒，拈出一个粉笔头，轻轻向那边一抛，

正打在糊里糊涂的嘴巴上。"谁？谁？谁？"糊里糊涂惊醒了，慌慌张张地问。教室里又是一阵哄堂大笑……

这堂课的评选结果可想而知。

又是语文课。马老师提前来到教室，像往常一样，在教室里来回走着，不时和学生说几句，询问一下作业完成情况，新课预习了没有。快到稳不住跟前时，稳不住突然站起来，红着脸说：老师，您…您以后您别再扔粉笔头好吗？一边说一边从桌洞里捧出一大把粉笔头。马老师一看，这些粉笔头有大有小，有尖有圆，足足二十几枚。

"这是……"马老师疑惑不解地说。

"老师，这都是您扔给我的。"

"什么？这么多?"马老师吃惊地说。

"老师，我这也有！"糊里糊涂也捧着十几个粉笔头凑热闹。

"老师，我这有两个!"

"我这也有一个!"

……

那些粉笔头居然有一百多枚！

"这些都是我扔的?"

"是啊，那次我上课不认真听讲，您给了我一个粉笔头……"

"我这个是上次上课做下动作时您给我的……"

……

同学们一个个争着讲述自己保存的粉笔头的来历。

马老师手捧着那些粉笔头，久久地注视着。他突然感到一阵剧烈的眩晕。

这堂课上，马老师第一次没扔粉笔头。

晚上，马老师失眠了。

第二天、第三天、一学期、两学期、一年、两年……直到马老师退休的十几年里，他的课堂上再也不见了那司空见惯了的一道道优美的弧线。

又是二十年过去了。早已退休在家的马老师被一场突如其来的大病击倒了。学生闻讯后纷纷成群结队探望。稳不住来了，糊里糊涂也来了……当年二（2）班54名同学都来了。

马老师躺在病床上，看着眼前都已成人成才的学生，脑子里突然想起那一百多个粉笔头。他满含愧疚地喁嚅着："同学们，我对不起你们……"

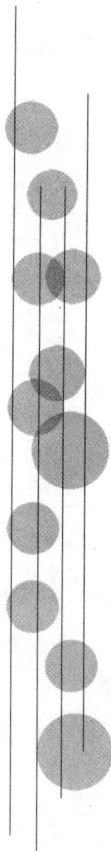

"不，老师，您是我们最好的老师！当年要是没有您的及时提醒，我不可能有今天……"已经是企业老总的糊里糊涂眼圈红红地说。

"老师，最该感谢您的人应该是我……"现担任某局局长的稳不住紧紧握着马老师的手说。

"老师……"

"老师，我这还有一枚上初三时您写字用过的粉笔头。"稳不住手捧着一枚雪白的粉笔头。

"老师，我这也有一枚。"

"我也有一枚。"

……

在场的 54 个人，54 枚大小不一的粉笔头，整齐地排列在老师的床头。

我们都很怀念那段时光，想念您的粉笔头，多想您能再教我们一回！

我也常常想起您，真想再回到教室，再听一次您的课！

……

马老师听着听着，脸上露出了幸福的微笑，两行热泪从塌陷的眼窝里流出，停在了那张瘦削的面颊上……

掌声响起来

亮是我的同班同学。亮的座位在我的前面。亮上课的时候身子从来都是斜着的。作业本上的字更是找不出一个正当的，乍一看像刮东北风。答题卡上的铅笔印象淘气的小蝌蚪，一个个都跑到格子外。

亮一天到晚很少离开自己的座位，始终保持沉默状态。课下或体育课的时候，当别的同学都在教室前、操场上跑步、跳绳、打羽毛球、做游戏，尽情地玩耍、活动。亮却只能一个人默默地坐在教室里，手托着腮，嘴里咬着笔杆，出神地望着窗外，望着紧靠窗子的那棵白杨树上的一只小鸟，一忽儿从这个枝头跳到那个枝头，又一忽儿从那个枝头跳到另一个枝头。每当这时候，亮的眼睛里总是雾蒙蒙的。这一切都因为可恨的小儿麻痹症的缘故。我敢说，要不是身体的残疾，亮一定是我们初二三班最高最帅气的男生。

我们上体育课的操场在教室的东边，与教室仅一墙之隔。那一天，我们都去上跳绳课了。这是我们最喜欢的体育课型。也许太过兴奋和高兴，跳绳时一不小心，我的脚崴着了，我坚持着自己一瘸一拐地走回教室。

好容易挪到教室门口，操场上响起了一阵"啪啪啪"的拍掌声，这是体育老师和同学们拍手下课的声响。墙外的"啪啪"声未停，教室里紧跟着响起了"啪啪啪"几声清脆的拍手声，接着听到亮"可以休息了"的说话声。

我很诧异：体育老师要求很严，每次上体育课，从不允许任何同学无辜缺课。只有亮例外，可以独自留在教室里看书。今天这说话声是怎么回事，难道还有谁没去上课？

我满怀疑惑地一步一步挪进教室，发现只有亮一个人坐在课桌前正甜甜地微笑着，很幸福很快乐的样子。原来是他在自言自语！

见我进来，亮的脸刷地红了，他不好意思地说：我……我虽然不能上体育课，可我和同学一样，都属于这个班集体，必须遵守同样的规定……亮说这话的时候一脸凝重。

我心里突地一动，一种异样的感觉涌上心头。我的心灵震撼了。我仿佛看到折了翅的鸟儿对天空的渴望！

说不清是什么原因，我突然脱口而出："亮，我刚才当了逃兵，没有上完这堂课，让我们一起拍手下课好吗？"

亮惊异地看着我，犹豫了片刻，然后伸出了那双干瘦如柴的手。"啪啪啪""啪啪啪"……教室里骤然响起了两双整齐、响亮的拍掌声。亮的脸上露出了从来没见过的笑。

第二天，我把昨天目睹的一幕悄悄告诉了体育老师马老师。马老师先是惊讶了一声："这是真的？"接着便沉默下来，仿佛陷入了沉思之中。好久好久，马老师仿佛做出了某种重大决定，神情庄重地点了点头。我看到马老师的眼睛红红的。

又是一节体育课。这天，马老师早早来到教室，径直走到亮的跟前，弯下高大的身躯，亲切而郑重地说："亮，全班54个同学，每一个都是这个大家庭中不可缺少的一员。请原谅老师以前对你的疏忽，让我们一起去上今天的体育课好吗？"

亮抬起头，那双眼睛瞪得好大好大，他一会儿看看老师，一会儿又看看周围的同学。看着看着，蓦地，两行晶莹的泪水潸然而下……

教室外队伍早已整好了。每一个人都在静静等待着。亮不再犹豫，不再迟疑，他轻轻推开好心帮扶他的同学，艰难地站起来，歪斜着身子，一步一步，艰难地挪出教室，蹒跚着，站到了队伍的最前面。此刻，亮一脸的刚毅。

队伍开动了，像一条潺潺流动的小溪，欢快地向远处流去……

"叮铃铃"四十五分钟眨眼过去了。下课时间到了。一直坐在树下看同学们上体育课的亮，立即艰难地站起来，歪斜着身子，走到队伍前面。

体育老师高声喊道："下课！"接着手一抬，"啪啪啪"54双巴掌同时抬起来，整齐的队列骤然变成了声音的海洋。亮笑了。全班同学也笑了。马老师也笑了。

此后，在我们班的体育课上，每到快下课的时候，总会看到一个身材瘦小，歪斜着身子的男生，从那棵绿荫盖地的大树下吃力地站起来，慢慢地向队列。所有同学都站在那儿静静地等待着，等待着……

少顷，队列里骤然响起了一阵阵"啪啪啪"整齐有力的声响，这声响久久地回荡在操场上空，回荡在55颗火热的心中……

那一刻，我仿佛清楚地看到，一只大鸟正挥动着巨大而有力的翅膀，一路欢歌，向着那边的蓝天白云奋力飞去……

套　圈

马老师走出初二年级办公室，很夸张地伸了个懒腰，接连打了一长串哈欠：呵——阿哈哈！放学了！朝西望去，那里，一轮红彤彤的大圆盘正朝着拖儿山徐徐坠下。

马老师扶了扶眼镜，抬腿朝校门外走去。校门口东边不远处的一个大树下，围了五六个学生。他们在干什么？不行，得过去看看！多年的班主任工作让他养成了见事就爱管的习惯。

马老师发现那几个学生中除了两个是一年级的，其他都是自己班上的。他们显然早已看见了自己，但没有散开，更没有像往常那样赶紧溜掉。到了跟前一看，只见地上摆着几个大大小小的瓶子和几个铁圈。显然他们在套圈。他们中有俏皮大王根生、生活委员雨生，还有体育委员天生……此时，他们一个个正玩得起劲。

"老师，您好！"天生眼尖，先开口了。

"老师，您好！"根生也跟着说。

……

其他几个学生也一起向他打着招呼，这让他感到很高兴。他想起前几天学校刚刚开会，鼓励学生业余开展健康有益的文体活动，现在是放学时间，学生玩套圈没什么不对。这样一来一想，快到嘴边的批评又咽下去了。

"老师，来，一块玩好吗？"天生热情邀请。

"老师，来，玩一把。"

"老师……"

雨生、根声也都齐声附和着。

马老师快五十了，从小生性好静不好动。加上这些年升学压力大，平时又要上课、辅导学生，课下还要补课，根本没有空闲时间，早就没了玩耍的心思。

"老师，您就玩一会儿吧！"

"套一套试试，老师！"

"我们还从没跟您玩过游戏……"

……

看得出，他们是不达目的不会罢休了。

咦？这几个小家伙今天这是怎么了？平时他们可都见了我愣愣的，从没这么亲近过一次。"好吧！"盛情难却，马老师答应了。

根生赶紧把那个自做的铁圈递上去。雨生、天生忙着把瓶子重新整理了一番。

万事俱备。马老师走过去，站好，一手拿圈，眼瞅着前面，圈在手里来回一悠晃，一弯腰，"着！"嗖的一下，那圈准确地套在了一个瓶子上，来回转了两圈，停下。

"嗷嗷，中了，中了！"根生跳跃着，欢呼着。

"老师，再来一个！"雨生也跟着起哄。

"好好好"马老师应着，手往前轻轻一送，"嗖嗖嗖"一连抛出去几个，铁圈一只只稳稳地套在了瓶颈上。

"老师真神了！"

"真神人也！"

"神功！佩服，佩服！"

学生一个个发出由衷的赞叹声。那一刻，马老师觉得自己一下子年轻了许多。

"老师，您能告诉我，您是怎么练成这么好的功夫的？"那个一年级的学生问道。眼睛里写满了好奇和期待。

"我哪有工夫练这个？更没什么绝招。"

"不，老师您一定有绝招，快告诉我们吧。"

"我，我真的没练过。"马老师被问的不知所措，赶紧望着雨生和天生："还不快帮我解围呀！"

"不，老师，我们您真的天天在练功！"雨生、天生、根生异口同声地说。

"是吗？我怎么不知道？说来听听。"马老师饶有兴趣地说。

"老师，您每天上课的时候，都用粉笔头提示我们要认真听讲，这不就是在练准头吗？"

"老师，您的粉笔头功夫都练得弹无虚发了。"

"老师，……"

雨生、天生和在场的其他学生都你一言我一语地说着。马老师的脸早红得像蒙了一块红布。马老师看着跟前一张张小嘴的一开一合，平时上课掷粉笔头的情形一一浮现在眼前——

根生正在做小动作。

"根生，干什么呢？好好听课！"一声断喝，随之，一个小拇指大的粉笔头飞过来，刚好落在根生的鼻头上，顿时引起一阵哄堂大笑，根生的脸涨得像熟透了的西红柿。

雨生正拿铅笔戳前边的女生。突然，额头上挨了一击，一个粉笔头"啪"一下落在课本上，来回滚了几下，掉到地上。雨生的脸红的像晚秋的红玉苹果，头低得就差钻到地缝里了。

……

这样的镜头每天不知在自己的课堂上发生多少次。学生却都记得清清楚楚，自己却并没怎么在意，更没想过对他们会造成怎样的伤害！难怪学生都离自己远远的，包括雨生、天生这些班干部……真的得改一改了！马老师沉思着。

"老师，再玩一会好吗？"

"好啊！"这次，马老师没有半点犹豫，弯腰抓起一只圈。

"嗷，马老师中了，中了，又中了！"

……笑声，欢呼声一阵接一阵。

从那以后，马老师的课堂上再也不见了"粉笔头弹"。后来，他终于弄明白，那天套圈的事是根生、雨生他们几个故意设计的。没想到自己教了这么多年的学却中了这帮小家伙的套！马老师摇摇头，但他并不恼火，心里反倒觉得挺高兴。

拾垃圾的男生

男生是城关中学的一名初一学生。

老毕是男生所在学校的政教主任。老毕抓学生管理多年，最头疼的是卫生问题。不少学生一直没有养成良好的卫生习惯。

秋季开学后，老毕虽然通过国旗下讲话、专题排查整治等多个途径，对乱扔现象进行紧锣密鼓的治理，但收效甚微。这令老毕大为光火，却也一筹莫展。毕竟卫生是学校的脸面啊！谁愿意往自己脸上摸黑?!

男生走进老毕的视线是在刚开学后不久。老毕发现初一新生中有一个个头不高，胖胖的，眼睛大大的男生，手里提着一个尼龙袋，课下、课外活动时间，满校园拣拾学生扔掉的饮料瓶、薄膜袋、本子纸等废弃物品，并且连细小的纸片也不放过。

全校几百号学生中只有男生一人这么做。这让老毕很欣慰但也有些纳闷。老毕猜想，这个学生家里一定很贫困，要不然怎么会在大庭广众之下捡拾废弃物品。以后来了困难生补助名额一定先照顾他。老毕心里想。

老毕有个习惯，得闲的时候，有事没事喜欢在校园里游荡游荡。时间长了，老毕也就有意无意地听到学生中有关这个男生的一些话：

一个大男生，满校园捡破烂也不怕女生笑话！

听说卖了好几十块钱了，也不知道和大家分享一下，太不够哥们！

听说他家庭不错，他爸爸妈妈做什么生意的，真是个十足的财迷！

你们有谁见过他买过零嘴？一次也没有是吧？真是个过日子客！

……

这样的话老毕每天都听到不止一两次。

听得多了，老毕心里就开始犯嘀咕。是啊，全校那么多学生，就你满校园提着个袋子转转悠悠，像话吗？这不有损学校形象？老毕决定找这个学生

谈谈，看看他到底出于什么目的拣拾垃圾。

之前老毕只从班主任那里了解到这个学生叫董杰，学习挺不错，其他情况班主任也不知道。

这天中午，天气很热，许多学生都从学校小卖部买了汽水、雪糕、冰棍什么的小食品。校园里角角落落都是学生随手扔掉的空塑料瓶、包装袋。

老毕发现，绝大多数学生都进了教室，只有这个叫董杰的学生还头顶着烈日满校园拣拾着废塑料瓶，于是便走过去叫住他。

"这个同学，你叫董杰？"

"是。"

"你家里都有什么人？"

"三口人，爸爸、妈妈、我。"

"家里很困难吧？"

"不，我爸爸做生意，妈妈上班。"

"那你为什么拣拾垃圾？"

男孩眨巴着眼睛反问道："老师，不可以吗？我拣拾垃圾，一是为了净化美化了校园环境，二是我也有了收入，这样我就可以做自己想做的事。"

老毕觉得男生说得在理，可一时又不甘心被学生将了军，于是接着问道："你捡垃圾不觉得脏？不觉得难为情？"

男生听了，说："老师，我可以给您讲一个故事吗？"

"好啊，我正闲着呢，讲来我听听！"老毕看着这个小不点男生，很爽快地答应了。

很多年前，有一个小男孩因为家里穷，上小学时交不起学费，父母要他辍学，男孩死活不肯，父母没办法只好答应继续上学，不过要自己挣学费、本子费。于是，男孩向父母要了一个大尼龙袋，每天下课、放学时间，男孩都在上学的路上，校园里捡拾塑料瓶、酒瓶、破铜烂铁什么的。男孩就是靠着卖自己拣拾的这些破烂读完小学、初中、高中、大学。男孩大学毕业后，放弃到政府机关工作机会，自己开了一家废品回收公司，当起了破烂王……

男孩说到这里，眼里噙着泪水，"老师，知道这个男孩是谁吗？他就是我爸爸，他的名字叫董豪。"

老毕一听，惊奇地问道："董豪？就是那个全市有名的民营企业家、励志废品回收公司董事长董豪？他是你爸爸？"

"是我爸爸。"男孩骄傲地说。"我很小就听爸爸讲这个故事。我要像爸爸那样，做一个不依赖父母、懂得节约的人。"

"老师，想不想知道我一共卖了多少钱？四十多块了，我都攒着，一分钱也没花，我要派大用场……"

"什么大用场？可以告诉我吗？"老毕好奇地问道。

"那……我说了你可要替我保密。"男孩仰着头恳求说。

"没问题，保证守口如瓶。"

"是这样，我邻居家很穷，他儿子小宝上学买不起书包，我想等钱攒够了给他买书包……还要……"

男孩还在说着，老毕的心里突地一动，多聪明多懂事的孩子。老毕打心底里喜欢上了他。那一刻，一个新的想法在老毕的脑海里产生了：何不用这个事例教育引导全体学生，从不乱扔一张纸、一个塑料瓶做起，人人争当懂节约、讲文明的中学生，岂不效果更好？

老毕很激动，第二天，老毕主持召开了全校学生行为规范教育会。会上，老毕动情地讲述了一个破烂王和他儿子的故事。所有学生都被这个故事打动了。会场上鸦雀无声。突然，台下爆发出一阵热烈的掌声。

不久，学校每个班级都建立起了废品回收小组，班班配备了漂亮的纸壳回收箱。这些箱子都是那个叫董杰的学生用自己回收废品的钱和平时积攒的零用钱买的。

校园里到处都干干净净，漂漂亮亮。

老毕呢，天天笑逐颜开，乐得嘴巴都快咧到了耳朵根！

女孩的春天

下午放学的时候，太阳还老高。女孩走出校门，没有像往常那样，从书包里拿出那根天蓝色的跳绳，一边蹦跳着，一边唱着歌子往家走。

女孩伸手往上托了托书包，茫然地望着前方，然后默默地往前走。前面是一大片绿油油的麦田。三月时节，乍暖还寒，可麦苗已经开始复苏，正憋足了劲比着赛地往上长。女孩侧着耳朵，那一刻，女孩清楚地听到麦苗拔节的声音，咯吧咯吧，很脆的那种。

女孩很抑郁。女孩不想往家去。女孩满脑子都是爸爸昨晚说的那些话：明天晚上，李丽阿姨和她的儿子要来咱家做客，以后她就是你妈妈，她儿子就是你的亲弟弟。到时放了学要按时回家，照顾客人。老爸还在说着，女孩的泪就流出来了。女孩认为，爸爸不爱自己了，她只爱那个女人和她的儿子。女孩很小的时候就知道老爸喜欢儿子。女孩觉得这个春天是有生以来最冷的一个春天。

女孩的妈妈一年前的那个春天走的。妈妈走得很突然，什么话也没留下。妈妈在世的时候，女孩像公主一样宝贝。那个时候，女孩的每一天都是暖暖的春天。女孩长这么大从来不知道什么叫做忧愁和痛苦。是母亲的故去带走了这一切。女孩觉得那片属于她的天已经塌了。女孩很倔强，我偏不回家，看你怎么样。一阵风吹来，女孩感到一阵沁入骨髓的凉意。女孩扯了扯衣角，用力将自己裹起来，可寒意还是任性地钻进女孩的衣领。女孩觉得老天爷好像在跟她作对。女孩觉得自己像是一个被遗弃的孩子。是世界上最可怜的人。

其实，女孩不想马上回家还有一个重要原因。女孩的成绩近来持续下降，老师惊诧，同学不解。班主任反复强调，晚上的家长会那些成绩后退的同学的家长必须参加，一个也不能少。女孩不知道怎么跟老爸说。爸爸一向对自己的学习很重视。爸爸容不得女孩成绩有半点含糊。

女孩在田野里漫无目的地走着，天色渐渐暗下来。远处村子里的灯光渐次亮起来。袅袅的炊烟还在一摇一摆地往上飘。微风送来一阵阵饭菜的香味。

女孩的肚子里响起咕噜咕噜的鸣叫声。但女孩还不想回家，继续一个人在田野上游荡。风明显大起来，发出了一阵接一阵的呼呼声。天上的星星也出来了。女孩想起小时候偎在妈妈的怀里数星星的情景。

"妈妈，天上的星星不会掉下来吗？"

"傻孩子，别担心，不会的，掉下来有妈妈和爸爸顶着。"

"妈妈，奶奶说，地上有多少个人，天上就有多少颗星。妈妈，那我是哪一颗星？"

"宝贝，你当然是天上最亮的那颗星？"

"最亮最亮的那一颗？"

"对，最亮最亮的那一颗。在妈妈的眼里，没有哪一颗星星会比你还亮。"

……

女孩回家的时候，已经很晚了。家里的门敞开着，一个人也没有。桌上的饭菜好好的，没有被动过。

女孩很奇怪，他们都上哪去了？去玩耍了吗？一种被抛弃的感觉涌上女孩心头。女孩的泪便哗哗地流下来了。

女孩饭没吃，一头扑进被窝里，让泪水恣意地流着。哭着哭着，女孩迷迷糊糊地睡着了。

女孩醒来的时候已经是第二天早晨。女孩看到，爸爸正坐在一边看着自己。爸爸的眼睛里布满了一道道红红的血丝。一旁的那个女人手里端着一碗热腾腾的面。女孩想起昨晚的家长会，爸爸知道吗？去开会了吗？女孩胆怯了。不知道跟爸爸说什么。

爸爸什么话也没说，爱怜地摸了摸女孩的头出去了。

女人端着面，摸着女孩的头说："饿了吧？趁热吃吧。"女孩看到女人的脸是那么慈祥，女孩想起了妈妈，想起很多年前那个数星星的夜晚，女孩差点喊出了"妈妈"。女人说，你爸爸昨晚饭都没顾上吃，为找你跑遍了大街小巷，亲戚邻居，为了你一夜未眠。其实女人没有告诉女孩，女孩的爸爸去开家长会了，是女孩的同学通知他的。女孩的父亲揣着那张成绩单，守在女孩床前，一夜未眠！

爸爸没有忘记我。女孩的心里暖暖的。泪水咕咕流出来了。

太阳出来了。女孩背起书包踏上门前那一条去学校的路。女人站在家门口跷着脚朝这边望着。爸爸站在门口那棵老槐树下，嘴里衔着那根长长的烟管，吧嗒吧嗒地吸烟。

一阵风吹过。女人长长的头发在晨风里飘着。爸爸烟管里的烟袅袅地飘着。女孩挥挥手，在心里甜甜地叫了声：妈——您回吧！爸，您放心吧！

女孩笑了。

一个煦暖的春天到来了。

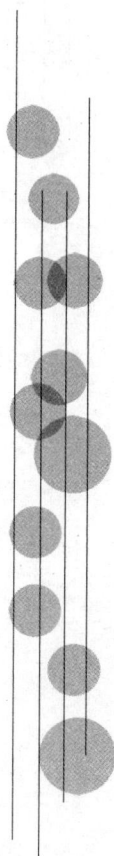

那个寒夜很温暖

岭上初中，一如她的名字，坐落在方圆几十亩大的山岭上。近处是大片起伏不定的山岭。秋阳下，明晃晃的一片，让人说不出的炫目、苍凉。远处是连绵不尽的群山，那里生长着几百年的松树和柞木。山岭中间，是一条条山间小道，蟒蛇一样向着山那边的村舍蜿蜒着。

那年秋天，我师专毕业，带着简单的铺盖卷，孤身一人来到这所学校任教。没想到，刚来学校就安排我担任了初一三班班主任。全班45个学生无一例外的来自隐藏在大山深处的那一个个小山村。学校校舍紧张破旧。我和另两个男教师挤住在一小间屋顶漏光的宿舍。

那个冬天来的似乎特别早。教师宿舍没有烤火炉。一到晚上，山风鬼哭狼嚎似的向着山岭上的学校呼啸着扑来，冷风从屋顶的瓦缝里钻进来，睡觉不敢脱衣服。学生宿舍更是冷得厉害，很多学生晚上囫囵着个子睡觉。

三九的一个晚上，下着大雪，我到男舍查看学生晚睡情况。也许是天太冷的缘故，宿舍里长时间静不下来。睡眠不足，势必影响明天的学习。我严厉要求学生快睡。半天总算静下来。

正要走开，突然发现靠门的那张床上的那个被窝翻来覆去的动弹。我知道，睡在这个床上的是亮子，全班学习最差、最不守纪的那个学生，整天灰头灰脸，天天惹是生非。几乎没有一个任课老师不厌烦的。

刚上第一堂课，就是他在我的课桌凳里放了一只癞蛤蟆，让我出尽洋相。第二周，他就和几个学生打群架，被打的学生家长找上门子。这样的事数不胜数。提起来我这气就不打一处来。

眼前他又不顾我的三令五申，在被窝里得瑟，这不是故意找事吗?!我很恼火，立马走过去，高声呵斥。被窝安静了。没想到刚转身那个被窝又动起来，并且瑟瑟发抖。我一愣，转念一想，莫非亮子病了？伸手摸了摸他的脸，

不发烧啊，是铺盖太薄吗？一边想着，顺手往他的身子底下一摸，发现褥子湿乎乎，凉冰冰的。莫非……？

我把亮子叫到办公室，他吞吞吐吐地告诉我，他从小患有尿床症，昨天晚上又尿下了，不好意思晒被子。末了，他说，能替我保守这个秘密吗？我点点头答应了他。我让他先回宿舍，他如释重负地走了。

那晚，我将我的那床被子抱来，给亮子他铺上，并告诉同学们，亮子的被子太薄了，大家不要攀伴。

早晨，到宿舍查看，发现亮子看我的眼色变了。那是一双聪慧的充满感激的眼神。这是我教他三个月来第一次看到他这种眼神。我很欣喜，我隐约感到促使他转化的契机到了。

上午，我站在讲台上，喷嚏打得震山响。但我仍然坚持着上课。学生都乖，调皮捣蛋的少了。亮子上课也规矩了许多。

下了课，亮子跟在我后面，说："老师，对不起，您把被子给我，把您冻感冒了。"我说："没关系，你知道就行了。"

从此，亮子变了，再也不是以前的那个亮子了。变得有礼貌、爱学习了。年终考试他考取了全班第三。

亮子的变化让我看在眼里喜在心里。我在替他保守着那个秘密的同时，多方打听，讨来偏方，为他治好了尿床的毛病。

四年后，亮子考上了省城一家中等师范学校。

又三年，他中专毕业考取了师范本科，留在省城一所学校任教。

……

不久前，他在给我的信中写道：老师，是您把棉被给了我，您自己却冻感冒了；是您一直提我保守着那个秘密；是您治好了我的病，又是您让我走上了正路；是您……您是我最信赖的老师，那个寒夜您让我觉得很温暖，我会永远记着您连同那个冬天……

读着这滚烫的字眼，我心里说不出的快慰。亮子啊，你哪里知道，那次我的感冒纯是我撒的一个谎，那个晚上我钻进了宿舍另一个同事的被窝。这是我平生撒的第一个谎，为了你，我不脸红。

亮子啊，20年后的今天，老师想告诉你，那年的那个寒夜老师至今也觉得很温暖，很温暖。

被改写的短信

马强是个班里出名学校挂号的问题生。逃学、搞恶作剧、作业不完、穿奇装异服……毛病多得数不胜数。同学都很讨厌他，任课老师拿他没办法，班主任牛老师不知找他谈了多少回话，每次他都左耳进右耳出，气得牛老师直跺脚。他爸妈起早贪黑，忙着在街上摆摊做生意，顾不上他。他和脱了缰绳的野马无二。

期末考试，马强又考了全班倒数第一。学期优秀班级的奖牌让他一张试卷给砸得稀里哗啦。这让牛老师又气又恼。任课老师都劝他说不值得为这样一个学生劳神，一粒老鼠屎搅拐坏一锅粥，放弃了吧。可牛老师有些于心不忍，觉得这个马强还有希望。

放假最后一天发生的一件事让牛老师彻底改变了对马强的看法。语文老师小马是个年轻的女教师。那天到教室布置作业，突然从教桌里爬出一只癞蛤蟆，生性胆小的她顿时吓得脸色苍白，当场晕倒在讲台上……事后一调查，果然不出老师们所料，搞这个恶作剧的不是别人正是马强。真是朽木不可雕，无可救药了！

在马强的素质报告册操行评语一栏中，牛老师恨恨地写下这样一句话：马强……你太让老师失望了！牛老师在这几个字的时候，钢笔尖把纸戳成了一个个洞，像一只只愤怒的眼睛。

暑假里牛老师放心不下他的那些学生，决定逐个给家长发条短信，汇报一下学生一学期的在校表现情况，督促学生搞好假期学习。牛老师从早晨到中午，一口气发了三十多条短信，累得手指头都麻木了。正巧上大学的女儿闲着没事，牛老师顺手把那些没有发完的学生名单推给女儿，让她代劳，嘱咐她对照素质报告册上的评价内容，一个不落地给发过去。

女儿用了整整一下午时间发完了剩下的二十多条短信。

暑假转眼过去。开学第一天，牛老师检查学生暑假作业，发现马强这个从来没有完成作业的学生却都完成了，虽然作业中有很多错误。这可是第一次。牛老师简直不相信自己的眼睛。是不是找人代写的？牛老师仔细辨认字迹，是他的，只是那字写得比以前工整了许多。

第一堂课上，牛老师发现，以前从来不认真听讲的马强，这次却规规矩矩，坐有坐样了，知道上课听讲做笔记了。牛老师心里很高兴。还有，更令牛老师高兴的是，马强争着做值日生了，以前他可是从来没主动擦过黑板、打扫过教室卫生的呀。

这个马强，搞什么名堂？莫不是吃错药了，不可思议。

在新学期第一次班会上，牛老师第一次大说特说地表扬了马强。那一刻，马强特别激动，眼睛里有东西亮闪闪的。

不少老师也都反映马强变了。

"这孩子开始完作业了！"数学老师高兴地说。

"马强主动问问题了，我们班英语有希望了！"英语老师激动地说。

"他上课老实多了！"政治老师说。

"课上马强不搞恶作剧了！"吃过苦头的语文老师马老师说。

……

同学们也都纷纷夸赞马强变了。

"他主动打扫卫生了！"卫生委员说。

"马强昨天捡到一元钱上交了！"好人好事委员说。

"他主动和我讨论问题了！"同桌说。

……

这让牛老师很开心，也更加纳闷：什么原因让他发生这么大的变化，简直变了个人似的？这简直是一个谜！

转眼到了期中考试，马强的成绩居然跃居班级第二十名，从倒数第一梯队跨入第二梯队。

还有，牛老师发现班里那些平时表现差的几个学生都有了不同层次的变化，学习成绩也都提高了不少。

到了该解开这个谜团的时候了。

星期天，牛老师特意找到马强父母摆摊的地方，和马强爸妈交谈起来。说到马强身上发生的变化，马强爸爸激动地紧握着牛老师的手，说，这孩子

在家里也勤快了……这都亏了您暑假里发的那条短信……

什么信?

就是您发到我手机里来的那条短信。您看，我还一直保留着，没舍得删除。

牛老师翻看着，短信里有这样一段话：马强同学，我发现你是一个很聪明的孩子，你有你的闪光点，只是目前还存在一些小毛病，不过这都是成长过程中的正常现象，老师相信你会慢慢改掉这些缺点，你是一个大有希望的孩子，相信你新学期一定会给我一个新的惊喜!

这是我发的? 没有啊。牛老师惊讶地看着短信，又仔细一看手机号，是我的……这个……想起来了，一定是我女儿给发错了，马强的素质报告册上不是这么写的。

回到家，牛老师和女儿说起这事，女儿诡秘地笑了，说："老妈，对不起，事前没有告诉您，给马强的短信是我故意改的，还有，那几名差生的短信内容我也都给改了……"

你——牛老师看着女儿，想说什么却没有说出来。

一双运动鞋

星期五上午，实验中学操场内彩旗飘扬，欢声震天，来自四面八方的家长和学生聚集在这里，等待着家长运动会的开幕。

这是实中举办的首届家长运动会，也是全县首次举办家长运动会，吸引了市县电视台、广播电台、报社等媒体的关注，各路记者纷至沓来，做好了随时采访的准备。

赞助单位县红星鞋厂的张厂长带着一箱运动鞋早早赶到运动场。按照规定，每个项目的冠军得主每人将获得"红星牌"高级运动鞋一双。

那些来自小城不同行业的学生家长个个兴奋不已。他们早早换上新买的运动服，个个跃跃欲试，就等在运动场上奋力一搏，也好在孩子面前露个脸。

时间到了，实中王校长大声宣布："实验中学首届家长运动会现在开幕！"

"叭！""叭！""叭！"

随着三声清脆的发令枪响，比赛正式开始了。

"首先进行第一项：铅球比赛！"

……

"第二项，标枪比赛！"

……

"第五项，女子5000米长跑比赛！"

"请参加5000米比赛的运动员马上到点录处点名！"

……

"紧急通知：请参加5000米比赛的张强同学的家长赶快到检录处点名，比赛马上就要开始了。"

"紧急通知：请参加5000米比赛的张强同学的家长赶快到检录处点名，

比赛马上就要开始了。"

"紧急通知：请参加5000米比赛的张强同学的家长赶快到检录处点名，比赛马上就要开始了。"

……

参加5000米比赛的女运动员们身穿簇新的运动服，不时做着各种准备动作，焦急地等待着庄严神圣时刻的到来。

时间一分一秒地过去了。发令枪已经高高举起。发令员的食指开始弯曲。

突然，一个裹着灰头巾、身穿蓝裤子的中年妇女推着一辆破自行车，急匆匆闯进来会场。

"我是张强的母亲，对不起，我来晚了。"

"总算来了，赶快准备，换上运动服。"

"运动服？噢，对不起，我……我没运动服，就这样跑行不？"

"就这样？！那……就破一次例吧。"

家长的目光齐刷刷投向眼前这位头戴灰巾，裤子上沾满泥巴的家长。

"她就是张强的母亲？那个从乡下考来的学生？那个每次考试都是第一名的学生？"

"听孩子说张强从小没了父亲。"

"她也来参加比赛？"

……

那些早已等急了的家长你望着我，我看着你，互相传递着疑惑的目光。

5000米比赛开始了。家长们个个使出浑身解数，奋力向前冲去。

围观的学生起劲地鼓掌。欢呼声惊天动地。场上掀起了一个不小的高潮。

一圈、两圈……几圈不到，张强的母亲就跑到了最前面。

当运动员一个个累得气喘吁吁，再也迈不动步子，离规定还差四五圈的时候，张强的母亲已经到了终点冲刺。

现在播报运动会最新消息：在刚刚举行的女子5000米长跑比赛中，获得第一名的是初三四班张强的妈妈。

运动场上顿时鸦雀无声，几秒钟之后，突然爆发出一阵热烈的掌声，整整持续了5分钟，创造了实中掌声史上的新纪录。

"下面，请5000米冠军获得者张强同学的妈妈上主席台领奖。奖品红星运动鞋一双！"

广播里响起了欢快的运动员进行曲。

张强妈妈摘下头巾，一边吹着上面那层厚厚的尘土，一边走上主席台，兴奋地接过那双崭新的运动鞋，轻轻地摩挲着。眼睛里写满了幸福和激动。

"想不到，一个农村妇女能获得第一名，不简单，不简单。"

"我要好好挖掘一下，是什么原因能使她取得这样好的成绩。"

……

记者们赞叹着，蜂拥而上，纷纷将镜头对准了这位农村大嫂。

"请问，您以前参加过运动会吗？"

"运动会？没有，从来没有。"

"能谈谈您获得第一名的秘诀吗？"

"秘诀？啥子秘诀？"

"那您的长跑耐力和速度是怎么练出来的？"

"俺也没什么锻炼。俺家离这里50多里地呢。俺每天清晨从乡下来城里卖山货，天黑赶回，来来回回都几年了。"

"是什么动力让您有勇气来参加这次运动会？"

"说实话不怕您笑话。俺本不想来，可听孩子说，获得冠军奖一双运动鞋。您不知道，俺孩子从小到大，还没穿过运动鞋。俺知道他喜欢，做梦都想要，可他从没跟俺提过。这不，俺就这么着来了。"

"记者同志，我要快回去，把这双鞋给我儿子，他穿上了不知道得有多高兴。噢，忘了告诉您，我儿子的脚崴了，今天在家没来。"

"记者同志，俺走了"说着，张强母亲骑上自行车朝操场下的那条大路驰去。

"叮铃铃"

"叮铃铃"

……

那辆破旧的自行车不时丢下一串串欢快的铃声……

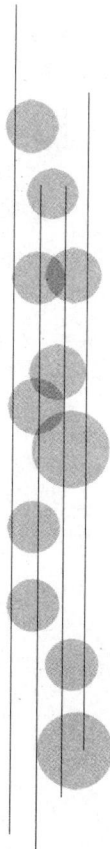

折不断的教杆

迟浩，又看什么乱七八糟的书？嗯?!

那个坐在教室最后头，个子矮小，手里捧着厚厚一本言情小说正看得津津有味的男生顿时吃了一惊，禁不住身子一哆嗦，猛一抬头，发现赵老师不知什么时候正站在一旁，眼睛一眨不眨地盯着自己，一秒、两秒、三秒……也不知过了多少时候，只见赵老师将紧握在右手里的那根细长的教杆缓缓扬起，啪一声，结结实实地落在课桌的一角，顷刻间断成了两截，一长一短，那截短的落在地上，滚了两滚才停住。

我……我……迟浩低着头，红着脸，嗫嚅着，不敢正视老师。赵老师伸过手去，迟浩很不情愿地把小说递过去。赵老师弯腰拾起那两截教杆，撂下一句："你小子，胆子不小啊！眼看就要年终考试了，还顾得课堂上看这种书，真不知轻重缓急！下了课，到我办公室去！"说着，赵老师缓缓转过身，倒背着手，一步一步走出教室……

这样的情景几乎每周都会在教室里重演着，一遍又一遍。这也难怪，初二是最难管的时候，尤其是赵老师所带的三班，学生来源复杂，父母大都在城里打工，或者做点小买卖的，顾不上管孩子，调皮捣蛋不爱学习、三天两头惹点小麻烦的男生特别多，简直是"特殊生群英会"，号称"鬼见愁班"。从初一到初二这个班已经换了三个班主任了。赵老师是全校唯一能镇得住学生的老班主任，所以初二一开学，校长就把初二三班班主任的重担压在他的头上。

赵老师动了不少心思，可谓伤透了脑筋。软硬兼施，十八般武艺都使出来了。赵老师虽然厉害，可像迟浩这样的皮筋学生赵老师那些招数根本不起作用，上课做小动作，看课外书，戳七闹八，将蚯蚓什么的偷偷塞进女生桌洞，课下疯成一锅粥，每天都重复发生。赵老师为此生过气，发过火，别的

不说，光自己亲手做的教杆不知敲断了多少根。

看着每次好端端的教杆缺胳膊少腿，班长岳珊珊实在看不下去，几次想让当木匠的爸爸给做一根，都被赵老师断然拒绝了。有一次，岳珊珊从家里拿来一根漂亮又结实的教杆送给赵老师，赵老师却一次也没有用。这让岳珊珊和班里的其他同学都感到很纳闷。

在同学的眼中，赵老师有时慈祥得像自己的爷爷，有时又严厉得比自己的父亲还要厉害三分。那些短命的教杆走马灯似的在赵老师的手里换了一根又一根，却从没一次落在学生身上。赵老师也从不用别人给的教杆。真是个怪人！岳珊珊不止一次背后和同学说。

谁也想不到，身体高大魁梧，走路健步如飞得赵老师说病就病了，而且病情很重。医生几次下了病危通知，赵老师的家人强忍着悲痛为他准备好了后事，可赵老师不吃不喝七八天就是不舍得走。见过这种场面的明白人说，他这是还有未了的心事。家人问遍了能想到的所有事，却一件也没猜中。

第九天的上午，病房里来了一群特殊的探访者，他们是迟浩、王小毛……班上几乎所有的捣蛋鬼们一股脑都来了。迟浩的手里还带着一根崭新的教杆。

老师，我是迟浩，这是我亲手给您做的教杆，我费了整整一个星期天才做好的。您快好起来吧，同学们都盼着您回去教我们……迟浩拿着教杆，哽咽着。

说来也神了，迟浩话音刚落，赵老师突然睁开眼睛，嘴里发出低微的声音："我……我就知道你们……你们一定回来看我……"赵老师断断续续说着，目光专注地在眼前每个学生的脸上一一扫过。当看到迟浩手里的那根教杆，赵老师眼前一亮，手抖抖地伸过去拿那根教杆。迟浩赶紧将教杆递过去，小心翼翼地放在赵老师的手里。

赵老师抖抖地拿着教杆，嘴唇哆嗦着说："你们……你们知道我为什么……不用你们给做的教杆？因为……因为我的脾气不好，所以教杆上都有一道刀刻的环，在桌子角上敲一下就断了，这样……就不会敲在学生身上……"

刹那间，大家都明白了，难怪赵老师的教杆怎么那么容易折断，而且折茬都是齐的。原来如此！在场的人都悄悄地抹眼泪，迟浩、王小毛几个调皮鬼们更是泪水涟涟。

　　"你们……你们恨我吧？恨那些教杆吧？"赵老师开始大口大口地喘气。

　　不，我们都很感激您，是您的那些教杆让我们逐渐改掉了那些坏毛病，老师，您快点好起来，就用我们给做的教杆好吗？迟浩噙着泪水，恳求道。

　　"好……好……我收……收下……只要你们不怕疼……我就……就用你们给做的教杆……我会……会手下无……"赵老师说着，脸上微微地笑了，转眼间，那笑容凝固在了脸上。在场的人都清楚地看到，两行豆大的泪珠从赵老师的眼睛里滚落下来，流进苍白的鬓角里。

　　赵老师走了，可在初二三班 56 名学生中，每个人心里从此都多了一根教杆，一根中间刻了一道环痕的教杆，一根永远也折不断的教杆……

一个年轻女教师生命的最后十分钟

一分钟前

绝大多数学生在老师的指挥下纷纷在最短的时间内有秩序地撤出教室……

30 秒前

赵老师正想撤离，突然发现刚才作弊的那个男生傻了一样愣在那里，满脸惊恐，不知所措。这时教室摇晃得更厉害了，北面和后面的墙壁已经倒塌。一大块杂物落在赵老师的头上。赵老师只觉得头上一阵剧疼，她顾不得这些，赶紧跑下讲台，拉起那个学生就朝门口跑。就在门口顶部的那块大石头落下的瞬间，赵老师用尽全身力气，把他一把推出门外，只听轰隆一声巨响，整个教室坍塌了，一股尘灰冲天而起……

三分钟前

谁也没想到，就在这时，一场突如其来的灾难降临了。教室突然摇晃起来，墙皮簌簌落下。

远处传来轰隆隆的响声，那些楼房也开始摇晃。不好，要地震了！赵老师敏锐地意识到灾难的降临。按照平时防震演练方案，赵老师冲到讲台处，沉着稳定地指挥学生按秩序迅速撤出教室。

五分钟前

赵老师拿着笔走下讲台，轻轻走到男孩身边，按一次作弊提醒、两次警告、三次在试卷记名通报扣分的考场规定，她伸手去拿男生的试卷，想记下他的名字。不想，男孩用胳膊死死压住，瞪着眼看着赵老师，摆出一副我就不让看，看你能把我怎么着的架势。

赵老师的脸倏地红了，胸脯起伏着。这是她当教师监场三四年来第一次遇到这种情况。赵老师显然生气了，可她并没有发作。她想再做一次努力，也许

那个学生认识到错误，主动松手把名字交给老师。可事情并不像她想象的那样，男生的手紧紧压着试卷就是不松手。周围有学生开始抬头看这儿。赵老师尴尬极了。个头娇小的她显然拽不过这个个头较高性格有些倔强的男生。

赵老师摘下眼镜，擦了擦眼睛。她决定放弃记录学生的名字，收卷后再反馈给学校。然后再找个机会跟这个男生好好谈谈。毕竟他还是个孩子。这是自己作为一个监考老师必须尽到的责任，否则就是失职。

八分钟前

教室里开始有了一些轻微的动静，偶尔有学生抬头看表。赵老师轻轻提醒注意考场纪律。目光继续不停地逡巡着，突然赵老师的目光在墙角处的一个男生身上停住了。这不是她教的班的学生。此时这个学生正抻长脖子看前面那个女生的试卷，而那个女生却浑然不觉。

赵老师轻轻咳了一声，以示警告。男生脸仰着头，伸了下舌头，慢腾腾缩回脖子。男孩紧张地看着一下墙上的表。

十分钟前

年终考试正在紧张进行。这是最后一场考试。对某些学生来说，成绩的孬好不仅意味着家长的脸色，而且意味着压岁钱的多少。当然，这些做法是不对的。除了沙沙沙钢笔圆珠笔在纸上滑动的声响，和学生偶尔一两声捂着嘴巴的轻咳声，整个考场里静悄悄的，静得几乎找不到任何杂音。

坐在讲台左侧戴着眼镜的赵老师目光不停地在考场里扫描着，一忽儿从左扫到右，一忽儿又从右扫到左，一忽儿从前扫到后，一忽儿又从后扫到前，探照灯似的，照的每个学生的心里既紧张又坦然。阳光透过窗子照在眼镜片上，又一一道亮光，或者亮点的方式反射到教室的某个角落，给人暖暖的感觉。

赵老师一向以监考严格著称，不管你是不是她班上的学生，也不管你是谁的公子小姐，赵老师都一视同仁，对作弊者从不袒护，严格按考场纪律论处。在她的考场里要想找一个作弊的都难。

看着认真答题，凝神思考的学生，赵老师微微地笑了。赵老师的笑容很好看，像一朵含苞待放的牡丹。看得出，她对学生的表现很满意。别看赵老师在考场上很严肃，但考场外她是一个爱笑爱美的老师。这是老师学生对她公认的评价。再过十几分钟就要结束了，一连监了六七场现在真有点累了。上幼儿园小班的女儿吵嚷着要那件花衣服已经好几天了，丈夫的剃须刀刀片该换了，母亲昨天从乡下打来电话说想孩子了，还有……

班歌嘹亮

班歌大赛即将举行，可我们二八班还没定下来。这让我这个新班主任心里十分着急。要知道，这可是一次对班级精神状态的大检阅，也是对班主任工作能力的一次考验。我当然不敢有丝毫马虎。

原班主任前些日子休病假，二八班一直空着班主任。学校临时把我从初一调到初二担任班主任。新官上任三把火，可没等我第一把火燃起来，这不，就碰上班歌大赛。

为了选出好歌，也为了培养学生的参与意识，我决定在全班开展班歌歌词征集活动。要求学生每人创作一首歌词。为此，我还专门找来歌词样本，让学生模仿。

一个星期后，歌词征集上来，全班53名学生共收到54份。令我诧异的是，除了一个叫雪小禅的写了歌词外，其他53份都是空白。而且我清清楚楚记得班上没有叫雪小禅的学生。这是怎么回事？搞什么名堂？

班会的时候，我问："学生，交白纸是怎么回事？雪小禅又是怎么回事？哪个班的？"没想到，一连问了三遍，都没有学生回答。并且，学生一个个都收敛起了笑容，表情怪怪的。这让我很纳闷，也很生气。

"汤苗苗，你说，到底怎么回事？"我的话音里明显有些不悦。

"老师……"

汤苗苗是我们班的班长，说话办事一向干脆利落的她怎么吞吞吐吐起来？这让我隐约觉得这里面一定有文章。

"老师……一定要说吗？"汤苗苗看着我，眼圈突然有些红。

"说。"我沉下脸，不容置疑地说。

"老师，雪小禅原先是我们班的同学。她是初一下学期从省城转来的，她爸爸是个作词家。她性格活泼，多才多艺，特别喜欢唱歌、写歌词、谱曲。

只是身体不好，得了白血病。虽然这样，她天天乐呵呵的，和同学们一起唱歌、跳舞。她说县城学校各个班都有班歌，她也想为八班创作一首班歌，只是……"

"只是什么?!"

"只是学期快结束的时候她……突然病情加重，住进了医院。我们去看她，她躺在病床上，艰难地创作了一首歌词，还没来得及谱曲就……"汤苗苗说到这里哽咽起来。教室里一片呜咽声。

我鼻子一酸，眼睛红了，眼泪流下来。

"老师，雪小禅不光会写歌词谱曲，她还热爱劳动，经常早来晚走，打扫教室卫生……"孙金花哽咽着说。

"雪小禅是我的同桌，她学习好，经常辅导我的学习，遇到不会的问题，她百讲不厌……"赵大萌眼里噙着泪水，再也说不下去了。

"那次捐给我一支钢笔……"

"小禅，最喜欢戴蝴蝶结，吃冰激凌，穿粉红色裙子……"

全班 53 名学生，一个个噙着泪水，纷纷说出那个脑海中的雪小禅。学生陷入了深深地回忆之中。此刻，我眼前仿佛看到一个扎着蝴蝶结美丽大方，活泼可爱又多才多艺的女孩正笑眯眯地向我走来，我情不自禁地迎上去，却只看到 53 双沉浸在回忆中的泪汪汪的眼睛……

老师，雪小禅永远属于我们这个班集体!

"老师，就用小禅的歌词吧!"

"用她的吧，用她的吧……"

学生齐声喊着，恳求说。

我还能说什么呢?雪小禅的身上不正体现了热爱班集体、团结同学、助人为乐、勤奋学习、积极向上的精神，这不正是班歌的灵魂所在?

我重重地点了点头。

雪小禅，我们有自己的班歌了，我们有自己的班歌了……全班同学跳着、欢呼着，呼喊声、欢笑声久久回荡在教室上空。

……

初升的朝阳是我们灿烂的笑脸，

挺拔的青松是我们苗壮的身姿。

灯光下我们用知识丰富头脑，

汗水中我们用坚韧强健体魄，

平凡里我们用品德奠定人生，

校园内我们用青春展现风华。

迎风迅跑，我们积蓄腾空的能量，

奋力振翅，我们期待蓝天上翱翔。

心手相连，我们是姐妹和兄弟，

臂膀紧挽，我们是坚强的力量。

充盈着亲人的关爱，

承载着祖国的期待，

奋进！奋进！

我们奔向明天的辉煌！

……

一周后，这首由雪小禅作词、小禅爸爸作曲的班歌在全校班歌大赛中一举夺得一等奖。

从此，在二八班的教室里，时常响起这首昂扬奋进充满青春朝气和活力的班歌。它像催人奋进的战鼓，激励着全班同学朝着自己的梦想奋勇前进。

每次教室里响起这嘹亮的班歌，我都会隐约听到一个来自遥远的女声在合唱，那歌声那么悠扬，那么动听，那么嘹亮，那么扣人心弦，催人奋发……

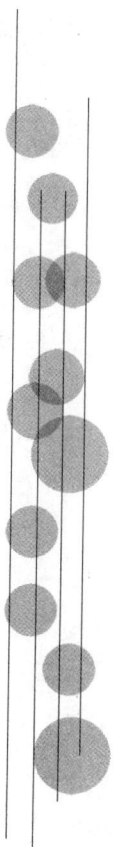

雪地里的小脚印

那年秋天，刚刚走出师范校门的我被分配到一处偏远的山村小学任教。虽然事前多少有些心理准备，但眼前的现实远远超乎我的预料。

学校坐落在村东一座光秃秃的小山岭上，三两座很旧很破的房屋，那两间被叫做教室的房子的门窗上玻璃残缺不全。缺玻璃的几扇窗大张着口，好像随时准备吞噬掉什么。学校没有操场，没有图书室。一到晚上，山野的冷风呼呼吼着，从透着天窗的屋顶直灌下来。早晨醒来，被上、脸上都被覆盖了一层厚厚的尘土，早晨满嘴牙碜。用水要翻过两个大山坡，到离学校半里远的那眼山泉里抬。学校没有伙房，更没有炊事员，这对一向习惯于饭来张口的我，吃饭成了头号难题。

全校只有我一个教师。听说，在我之前，这里也曾分来过几个师范生，但都因为生活工作条件太差，教了不长时间就托人找关系调走了。

想想全班46名同学他们一个个不是留在了城里，就是去了大乡镇中心小学，只有我孤零零一人来到这荒山野岭的村小，心情一下子阴沉下去，糟糕到了极点。在这里的每一天我都有一种度日如年的感觉。那段日，我心里天天像压了一块大石头。满脑子只有一个想法——早一天离开这里。

在彷徨、郁闷中我勉勉强强地熬过了两个月。时令不等人。冬天到了，我也病倒了。浑身松软无力，一阵接一阵头疼。但我不能让学生看出来，我白天我强忍着坚持上课。放了学回到宿舍躺下一动也懒得动。整整两天没吃任何东西了。宿舍里一点菜、一碗面都没有。满屋子除了学生的作业本，别无他物。我平生第一次感受到了什么叫孤单和无助。我的泪哗哗流着。这地方我是一天也不想呆了。那一刻，想调走的愿望是那么强烈。似乎有天大的困难也无法阻挡。

半夜时分，我强撑着身子爬起来，满含怨恨和悲观写了一份请调报告，

准备第二天一早送给教育局。在报告书中，我详细陈述了自己的艰苦处境以及想调走的迫切愿望，我甚至将泪水洒在了报告书上。写完请调报告，高烧让我迷迷糊糊睡着了。

　　早晨一觉醒来，头疼稍微轻了些。天已经大亮。阳光透过窗子射进来，照在宿舍的西墙上，形成一个大大的明亮的圈。我一看表，已经到了早读的时间。于是，赶紧下床，一眼看见桌子上的请调报告，脚步不由地停住了：我不是一心要调走吗？干吗急着上班？

　　一个人坐在床上，呆了半天。隔着窗子一看，啊，好大一场雪。房屋上、院子里、田野里都处白茫茫的一片。"忽如一夜春风来，千树万树梨花开"。大自然的神奇和美妙真的令人佩服。我赞叹着。心情稍好好了些。

　　拿了舀子，懒洋洋地舀水洗脸，往缸里一插，哎，一滴水也没有了。刚好一点心情骤然阴暗下去。

　　百无聊赖地推开宿舍的门，一看不禁大吃一惊：门口居然放着一只红色的水桶，那满满的一桶水在阳光的照射下闪闪发光。在水桶一旁，有一个包着几张雪白的白面煎饼和一块方方正正的大豆腐的塑料包。厚厚的雪地上，几行小小的深浅不一的脚印蜿蜒着伸向前方——那是教室的方向。

　　奇怪，谁送的？我拿起煎饼，发现包上压着一张字条，上面写道：厉老师，这几天您病了，可您仍然坚持给我们上课，同学们都看在眼里。这几张煎饼是胖墩从自个家里拿来的，这方豆腐是宁宁拿来的，她妈妈做豆腐。这水是我们刚从泉子里抬来的，很干净，您用吧。还有这是头疼药片……

　　看着看着，我的眼睛润湿了。刹那间，我仿佛看到了当年的自己。转过身，拿起桌上那张请调报告，刷刷刷，几把撕成了碎片，一扬手，小小的宿舍里顿时下起了一场鹅毛大雪。

　　我再次捧起教本，弹了弹上面的尘土，整了整衣袖，昂首跨出宿舍门，踩着雪地上那几行深浅不一的小脚印走去——前面，传来了孩子们一阵阵琅琅的读书声……

奇怪的试卷

期末考试成绩一出来，我这个二（5）班主任就急不可待地从教务员手里抢过成绩册，目不转睛地查看学生成绩：

曹婷婷，630，班级第一；张晓晓，622，班级第二；马明……那个张洋洋呢？张洋洋多少？找到了，找到了，540，班级45名！不可能，不可能！我使劲揉揉眼睛，又仔细地看了一遍，白纸黑字，清清楚楚，540分！莫不是加错了？我把张洋洋的各科分数一一合计了一遍，一分不多一分不少，正好540分！奇怪了，这个张洋洋怎么会考这么个分数？！

张洋洋可谓是我的得意门生，不仅学习成绩班级第一，并且勤快懂事，爱好写作。提起这个个头矮小、头发发黄、瘦瘦弱弱的男生，任教的老师没有哪个不夸赞的。可就是这样一个学生这次考试怎么会考出这么差的成绩？怎不令我这个当班主任的失望和吃惊？

不对，肯定是漏批了试题或者合错了分数。我一定要搞清楚。好在试卷就要下发了，我专门把张洋洋的各科试卷找来，一看顿时气不打一处来：只见那些难题张洋洋都答上了，那些容易的反而都空着！这是我从教20多年来见过的最奇怪的答卷！这不是故意吗？真是岂有此理。想到学期初接这个班班主任时，我在班上响亮地提出了"期末考试平均分达到年级前三"的奋斗目标，却因为他的捣蛋就要落空了，我心里更加生气。

这个浑小子，真是狂妄自大，不知天高地厚，都怪我平时对这些优秀生太好了，这回一定要好好教训教训他们，让他长长记性。我很生气，手都有些颤抖了。

马明，你去把张洋洋给我找来。我对课代表马明说。

一会儿，张洋洋来了，低着头站在办公桌前。我故意把他的试卷翻得哗哗响，一言不发地看着他，足足七八分钟时间。我要让他好好反省一下，给

我一个合理的解释。他局促地站着，脸红红的。

"说，到底怎么回事？你怎么说？！"我没好气地说。

"我……我……"

"我什么我！说，怎么解释？"

"我……我就是不想考好的。"他突然抬起头，倔强地看着我，脸上因为激动更红了。

"还有理了你？到底为什么这么做？"我真想扇他两巴掌，可我忍住了。

"考不好，家里……就会不让我上学了。"他低下头，眼圈红了，嗫嚅着说。

"你学得好好的，为什么不想上学了？"想到他曾在主题班会上说过"将来我要考医学，当一名医生"的理想时，我越发纳闷不已。为了解开这个谜团，我决定放学后去他家家访家访。

骑了二十多里山路，终于来到这个偏僻的小山村。几经打听，找到张洋洋家。眼前的一幕让我惊呆了：这是一个怎样的家庭，三间破旧的房屋，男主人瘦得皮包骨头，一条腿瘸着，一看就是久病的缘故，女主人个子矮矮的，一只手翻卷着。我的到来让这对贫困残疾夫妇十分激动和惊慌。

女主人不知所措地又是给我让座又是倒茶，可找了半天也没找到一点茶叶。男主人一脸的愧疚。

"老师，是不是孩子惹祸了？"女主人小心翼翼地问道。

"老师，他要是不听话，您替我狠狠教训他。"男主人发狠话说。

"不，您误会了，我来家访是想表扬您的孩子，他不但学习优秀，并且尊敬老师，经常帮老师做好事，老师同学都夸他呢……"我微笑着，把原本到嘴的那些话压了下去。

"那就好那就好。"女主人放下心来，显得很开心。

走出张洋洋的家，我心里很不平静。回到学校，我再次找到张洋洋。在操场上，张洋洋终于向我敞开了心扉。原来，几年前父亲上山打石头不幸致残，早已干不了体力活，是残疾的母亲家里家外，靠着一只手养活一家三口，好几年都没穿一件新衣服。他想考不好父母就会不让他上学了，去打工赚钱，母亲就不用那么辛苦了……

我心里一颤，多么懂事孝顺的孩子，我差点误会了他。如果让这样一个优秀的学生因为贫困失学，那将是我当老师的失职，我也会愧疚一辈子！

几天后的一天，张洋洋的母亲拿着一张 300 元汇款单找到我，那张汇款单上写着汇款人地址是市区某街道某号，汇款人"你们的亲戚"。在汇款单附言中写着娟秀的一行字：您的孩子是一个非常有孝心有前途的孩子，这点钱给孩子改善生活，他太需要补充营养了，不要问我是谁，我是真心想帮助你们的人。

老师，我们从没有城里的亲戚，麻烦您替我查一查，把钱退给人家。张洋洋的母亲请求我说。

人家一片好心，您就不要客气了。拿着用吧。我劝说道。

不行，我们不能拿这钱，您一定要帮我给人家退回去。张洋洋母亲坚决地说。

没有真实姓名根本无法查到谁寄的钱啊。我看这样吧，您如果实在觉得欠了人家一份情，您就好好支持孩子上学，这钱就算是咱借人家的，等张洋洋考上大学能赚钱了再还人家也不迟啊……

听我这么说，张洋洋的母亲总算收下了这笔钱。

此后，每个月的这一天，张洋洋家都会收到写着同样落款的 300 元钱。

张洋洋的学习更加用功了，气色也好起来，头发开始变黑了。我从内心里感到从没有过的快乐。

那每月一张 300 元汇款单的寄款人，除了我、妻子和在市区工作的女儿之外，恐怕这世上不会再有第四个人知道。

校长是俺亲戚

初一新生开学第一天，马校长站在办公楼前，一眼注意到一个个头不高、国字脸、嘴唇略微下垂的男生。男生说话口吃有些不清，脸上还脏兮兮的。凭直觉，马校长觉得这个学生有些不对劲，可一时又说不出究竟哪儿不对劲。马校长原想上去跟他说两句：上初中了，可别忘了天天洗脸啊。可转眼的功夫，男孩不见了。马校长笑着摇了摇头，进了校长室。

这是开学第二周的一个中午，学生都午睡了，校园里静悄悄的。马校长正在办公室里看报纸，"咚咚咚"，响起一阵急促的敲门声。谁啊，什么事这么急！马校长赶紧起身，打开门一看，门口站着一个学生，再仔细一看，原来是开学第一天看到的那个男生。

没等马校长开口，男生说话了："老……老师，同学不让我进宿舍。"

"谁？谁不让你进宿舍？为什么？"马校长问。

"不……不为什么，就是不叫我进宿舍睡觉。"

好吧，走，去看看。

男生跑到前面，马校长紧跟在后边，两人一前一后去了男生的宿舍。经询问，原来宿舍里有个男生跟他开玩笑，说别进宿舍了，他居然信以为真，真的不敢进宿舍了。听着学生的恶作剧，马校长哭笑不得。临走撂下一句：以后不许开这种玩笑。

事后，马校长听班主任说这个男生叫柳岸，智力有问题。马校长心中的那个疑问一下子解开了！马校长还了解到，柳岸经常受同学的欺负，不是被这个学生抢了钢笔，就是被那个同学拿走了笔记本。他总是控制不住自己，晚睡迟迟不睡，自顾自地唱歌，搅得宿舍纪律很差。更糟糕的是，柳岸经常赖尿，被子里天天散发着扑鼻的异味。宿舍检查常常因为他拖了后腿。考试成绩更是年级倒数第一。任课老师、班主任都很头疼。班主任说这番话的时

候，显得很无奈。

那一刻，马校长心里突然涌起一种异样的感觉。从此，他开始有意无意地关注起这个学生。

这天大课间，马校长在校园里转悠，一边打拳，一边四下里观察着。这时候，学生们都在跳绳的跳绳、下棋的下棋、打篮球的打篮球……校园里处处充满了青春的朝气与活力。马校长满意地笑了。

忽然，马校长发现那个叫柳岸的学生正一个人蹲着在角落里，低着头，拨弄着一棵小草。和周围的气氛比，柳岸显得那么孤独，那么无聊。马校长心里一动，走过去，蹲下来，摸了摸柳岸的头，想跟他谈谈。他站起来，呆呆地看着马校长，张了张嘴，起身跑回教室……

又一次晚饭时候，马校长来到初一教室外边，看见柳岸在一棵柏树下抹眼泪。马校长快步走过去，一问原来柳岸的干粮吃完了。马校长摸着柳岸的头掏出两元钱，让一个学生到伙房买来几个大包子。柳岸大口大口地吃着包子，开心地笑了。

马校长给柳岸买包子的事很快传遍了校园。有的学生说，马校长是柳岸的亲戚，要不那么多学生唯独对他那么好，还给他买包子吃。一传十传百，学生们都知道柳岸是马校长的亲戚。

班里的同学中也有不相信的，故意问柳岸马校长真的是你亲戚？柳岸转身跑到马校长跟前问道：俺真的是您亲戚？马校长亲切地抚摸着柳岸的头，点了点头。柳岸跑出校长室，幸福地喊着，校长说了，说俺是他的亲戚，校长是俺的亲戚——

大约从校园里传出马校长是柳岸的亲戚那天起，那些经常故意找茬欺负柳岸的学生收敛了，不再故意欺负他、惹恼他。甚至有的学生还自告奋勇替柳岸补课……柳岸一下子成了学校的红人——这一切都因为他是校长的亲戚。

这一天，马校长在办公室里，门一开，一个中年农村妇女走进来。她很拘谨地介绍说是柳岸的母亲。马校长赶忙让她坐下。

从柳岸母亲的嘴里，马校长了解到更多关于柳岸的情况：柳岸很小的时候，因为发高烧，家里没钱治疗。等感冒好了，柳岸的脑子就开始不太听使唤。医生说这是感冒引起的智力障碍。柳岸的父亲几年前外出打工，至今音信全无。柳岸母亲说着，眼泪扑簌簌流下来。

临走的时候，柳岸的母亲几次欲言又止。马校长知道她肯定有话要说，

便要她尽管说。她好像下了很大的决心，这才犹犹豫豫地说："听学生说，校长您和俺是亲戚？真的吗？这事俺怎么不知道？"

马校长动情地说："老嫂子，您是我的亲戚，我也是您的亲戚。所有学生的家长都是我的亲戚。"

柳岸的母亲听了，紧紧握着马校长的手，热泪盈眶："我知道了，咱们是亲戚，是亲戚！"

送走客人，马校长提笔在笔记本上写下这么一行字：某某中学关于与特殊学生开展认亲结对活动的意见……

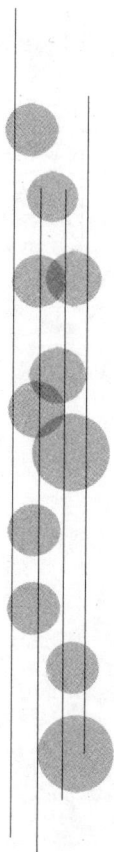

纸条里有你的名字

林林前脚刚踏进学校门口，上课铃响了。林林慌里慌张地跑进教室，新班主任王老师已经站在讲台上开始上课。林林蚊子哼似的打了声"报告"，王老师微笑着，拿着教本的手往里一比划，说"请进！"

林林低着头快步走到自己的座位上坐下。同桌赵晓燕翘着薄嘴唇，斜看了他一眼。林林知道，是自己的迟到打断了正常的上课。自己也不想迟到，可总是管不住自己。这不，刚才半路上只顾追赶一只漂亮的小鸟去了这才又迟到了。

林林四下看了一眼同学，其他同学都在全神贯注听老师讲课，没有谁理他。林林自觉没趣，只好无精打采地看着黑板。

今天是班会课。王老师在黑板上用白粉笔很夸张地写着"夸夸你的同学"几个大字。这还不算，王老师还在这几个字的一旁画了一幅简笔笑脸画。

王老师在那几个字下面画了一条粗线，说，一定要写清楚夸奖的原因，找出夸奖对象身上的闪光点……好了，现在发纸条，把夸奖的同学姓名和理由写在纸条上。

领到纸条，同学们立即埋下头刷刷写起来，只有林林捏着纸条迟迟不下笔。那双乌黑的眼睛始终盯着黑板上那几个字。夸夸你的同学？我夸谁？谁也不夸，我才懒得夸呢！反正我是个万人嫌，也不指望有人夸我。

滴答滴答，10 分钟后，王老师开始挨个收纸条。林林什么也没写，把纸条折叠好，放到王老师手里。哼，反正你也不知道谁没写。

纸条收好了。王老师开始一张一张宣读：

"我最喜欢的同学是王丽，她聪明热情，多才多艺……"

"赵小雅是我最喜欢的同学，她不仅学习刻苦，还经常主动帮我补课……"

"最值得夸奖的人是我的同桌牛牛，他上课特别遵守纪律，从不迟到早退，是我学习的好榜样……"

……

全班同学都聚精会神地听着，期待着念到自己的名字。王老师每念到一个名字，总会故意停下来，温和的目光在那个同学的脸上停留片刻，然后轻轻点点头。那些被先念到名字受到夸奖的学生脸上都现出抑制不住的喜悦和骄傲。他们比赛似的，腰杆挺得直直的，眼睛睁得大大的，像部队战士接受首长的检阅。只有林林若无其事的样子，不停地转着手里那个断了半截的圆珠笔。

被念到名字的同学越来越多，王老师手里的字条越来越少，只剩下最后几个还没念到名字的学生，一个个伸长了脖子，生怕字条里没有自己的名字。

22、23……54……有人轻声数着字条的张数。现在王老师手里还有最后一张，许多同学的目光已经从老师手里收回。因为全班55名同学，只有表现最差的林林还没念到。他表现那么差，整天逃课，打架骂人，谁会夸他？不用听了。前排有几个同学几次扭头做着鬼脸看林林。

林林心里明白，他们一定是想看自己的笑话。55人，55张字条已经念了54张，这最后一张肯定就是自己那张不着一字的"白条"！

台下已经开始有同学喊喊喳喳。王老师的目光巡视教室一周之后，目光在林林身上停住。举着那张字条，朗声念到：

"我最喜欢的同学是林林，因为某月某日，琳琳把在路上捡到的一只受伤的小鸟带回家养好伤后放走了；林林在公交车上主动给一位老大爷让座……等等，这些都值得我学习。我在心里把他当成最好的朋友……"

全班同学都愣了，大家你看着我，我看着你，眼睛睁得大大的，嘴巴成了O形。林林这么多优点我怎么没看见？

林林自己更是又惊又喜：谁写的我？还有人夸我？我怎么不知道还有这么一位好朋友？不会是老师瞎说的？不对呀，那张字条上的背影明明有字迹，而我的那张是空白的呀。再说，王老师刚接这个班不到两个星期，我做的那些事他怎么会知道？肯定不是老师瞎诌。那写这张字条的人会是谁呢？张晓萌吗？不可能！胡善化吗？似乎也不可能！李军吗？……到底是谁？我一定要找到他，我要好好表现，不然对不起这位好朋友……林林的脸红红的，激动万分。

从此以后，林林心里多了一位不知姓名的"好朋友"，仿佛这位好朋友时刻在看着自己，鞭策鼓励着自己。林林变了，变成了一个老师同学都喜欢的好学生。

只不过林林到现在也还不知道那个夸奖他的同学到底是谁，但这已经不重要了。

寒冬里的暖窗

那年秋天，天气异常寒冷，仿佛严冬提前到来。刚刚走出大学校门的我，被分配到一所偏僻的山乡初中任教兼二（1）班主任。我是全校九个班中唯一一个女班主任。

我怀着满腔热情登上讲台，刚站在讲台的那一刻，我梦想着一堂课下来，能够收获无尽的掌声和沉甸甸信赖的目光，我甚至为此做好了心理准备。我这样做有着充分的理由：为了实现"开门红"，这第一堂课我不知花费了多少时间和精力。没想到，我却遇到了有生以来最难堪的一幕：

我在台上满怀激情，滔滔不绝地讲着，台下却有三四个学生喊喊喳喳，其中包括一个长得挺秀气的女生还回头捂着嘴巴笑。我几次递眼色制止这种违反课堂教学秩序的行为，可一点也不见效。这让我大为恼怒。也许是年轻气盛的缘故，我把那几个学生叫起来一顿训斥，特别严厉地批评了那个靠窗子的女生。那女生顿时跟我瞪起了眼睛，马尾巴辫子一甩，气呼呼地坐下了。我让她站起来她就是不站，还拿挑衅的眼睛看着我。两人形成僵局。教室里静悄悄的，54双眼睛都齐刷刷投射到我和那个女生的脸上。我知道学生们都在想什么：哼，看老师怎么处理这事？

我强压怒火，强迫自己冷静再冷静，心里飞速想着：她毕竟是个孩子，不懂事，我是老师，不能跟她一般计较。万般无奈，我只好以退求进，说了一句"下课后到办公室找我"，然后继续上课。可再也找不到刚才讲课时的激情和感觉，讲话颠三倒四，糟糕极了。迷迷糊糊上完课，怎么走出教室的我自己也不知道了。

下了课，她却没有到办公室找我，这让我厌恶透了，认定她是一个素质极差不可救药的坏学生，对她一点好感也没有了。

接下来的日子里，她虽然安稳了许多，可我对第一堂课上她的那些表现

一直耿耿于怀。上课故意冷淡她，从不提问她，有时安排提问到她的时候有意停止提问。她有时眼睛里流露出哀怨的目光，有时在校园碰到她，她似乎想开口问我，可我就是装作没看见，仰着头旁若无人地走过去。

我曾暗地里调查过她的情况，她是家里的独苗，从小娇生惯养，性情倔强，纪律松散，曾跟很多老师闹过别扭。知道她这一特点的老师都不跟她计较，或者故意避开她。而且我还侧面了解到，那天她之所以和那几个同学小声喊喳，原来是我不小心把粉笔沫子抿到了鼻子尖上、腮上，成了花脸一个。可我气难消，就是不答理她。

转眼到了冬天，天气更冷了，鹅毛大雪一场接着一场压下来。教室里开始点煤炉子。为了保暖，上课门窗全关闭得紧紧的。空气不流通，教室里污浊不堪。我吩咐学生把我靠近讲台的那个窗子打开。每次那个女生都抢先一步推开靠近自己的那扇窗子。这让我很不痛快：老师没有吩咐你开窗，你争哪门子功？

我径直走过去一把把窗子狠狠地关上。我看到，她先是一愣，接着眼泪汪汪的。我撇下她，打开靠近讲台的那扇窗。刹那间，一股股强硬的冷风趁机飕飕争先恐后地跑进来，钻进我的脖子里。我不禁连打几个哆嗦，赶紧半开着。

第二天，她没有来上学。电话打到她家她母亲告诉我，她感冒了，正在家里打点滴。我说了一句好好养病，好了来上学就放了电话。

不知怎的，教室里少了她，我心里非但没有多么快乐，反倒觉得空落落的。她的同桌告诉我说："老师您误会她了，我听她说，她怕你的那扇窗子开着冻感冒了，影响给同学上课。还有，她觉得那次对不起您，开自己的这扇窗子就是想向您道歉，希望老师能够原谅她，给她改过自新的机会……这些她不让我跟别人说……"

"什么？这些都是真的?!"我惊讶极了。

"是真的，老师我不骗您。"

宁愿自己挨冻，心里却想着别人，多懂事的孩子啊！我却心胸狭隘地这样待她……看着窗外飞扬的大雪，我心里热乎乎的。我走到那个空着的座位旁，轻轻关掉那扇半开的窗子，将正对着讲台的那扇窗打开。做完这一切，我没有半点犹豫，毅然冲进了茫茫的雪域之中，顶着铺天盖地的雪花，朝着那个偏僻的小山村走去……

很多年过去了，每到冬天，我心里总开着一扇窗子，一扇人世间最温暖的窗子。它温暖着我的身体，更温暖着我的心房，我的人生……

拉姆先生的管家

迪卡是墨尔本市的一名初中生。迪卡是个非常聪明好学的学生。迪卡的家在农村。迪卡从小失去了父亲，和打短工的母亲相依为命。

一次偶然的机会，迪卡亲耳聆听了一位街头小提琴家演奏的曲子，那高山流水一样的旋律深深吸引住了迪卡。那一刻，潜藏在迪卡心底的音乐之神被唤醒了。迪卡痴迷上了小提琴。他做梦都想拥有一把小提琴，这样他也可以演奏出动听的曲子。但迪卡知道这只能是做梦而已。迪卡的母亲实在没有能力给儿子买这样一把至少上千澳元的小提琴。

迪卡也曾试图自己做一把小提琴，可每次都失败了。迪卡为此很苦恼，暗地里不知偷偷哭过多少次。要是有人肯拿他的命去换一把小提琴迪卡都会毫不犹豫地让人拿去。可谁会无缘无故给他这样一个穷孩子一把小提琴呢？

迪卡的家离学校有很长一段路。路旁那片树林子边上，有一座很美的别墅。要不是一阵悠扬的小提琴声也许这座别墅会永远与他无关。

那天下午，迪卡独自一人走在放学回家的路上。正百无聊赖地踢着石子走着，忽而耳畔传来一阵悠扬的小提琴声。迪卡立即竖起耳朵听。那音乐真是太美妙了，比上次在街头听到的不知强了多少倍，简直是天籁。迪卡被深深吸引住了。他发现，琴声来自那座别墅。因为琴声，迪卡这次回家天都黑了。

第二天，迪卡路过这里，琴声再次响起。一连几天，迪卡每次都能听到那动听的小提琴声。迪卡已经离不开这琴声了。

可就在一周后琴声没有了。迪卡很纳闷，莫非那个拉提琴的人病了？或者搬走了？

强烈的好奇心把迪卡引到了这座别墅前。奇怪，别墅的大门敞开着，连屋门也没上锁，整个别墅静悄悄的，一个人影也没有。迪卡心里一阵狂喜。

我一定要得到那把发出美妙绝伦音乐的小提琴。迪卡在一个宽敞的房间里找到了一把小提琴。这是一把古铜色的小提琴，琴头上还系着一条红穗头，穗头下缀着一尾栩栩如生的塑料小金鱼。迪卡立即被吸引住了。他欣喜若狂。早已忘记了自己是在别人的家里。迪卡轻轻模仿着那位街头演奏家的动作轻轻一拨拉，顿时发出一声清脆悦耳的声响。迪卡太高兴了，情不自禁的自拉自唱起来。迪卡完全陶醉其中。

不知过来多久，迪卡终于从自己的音乐中醒来，小心翼翼地装好琴，放在胳膊下夹着，转身要走，却见一个身穿黑色大衣、长眉毛，蓄着长胡子的中年男子站在一旁，正静静地看着他。迪卡大吃一惊，脸色都变了，嘴唇哆嗦着一句话也说不出。倒是那个大胡子先开了口："你好，你是拉姆先生的外甥鲁本？我是他的管家，前两天我听拉姆先生说他有一个住在乡下的外甥要来，一定是你了，你和他长得真像。"

迪卡一愣，什么拉姆先生？一定是他搞错了，把我当成那个什么鲁本？迪卡稳了稳神，计上心来：我何不将错就错？躲过一劫再说。迪卡拿定主意，连忙鸡啄米似的点头。

"来，过来坐下，告诉我在哪上学？上几年级了？"大胡子说着，走上前，拍拍迪卡的肩膀。

迪卡局促不安，眼睛一眨不眨地看着大胡子，生怕一不小心被大胡子识破捉住送进警察局，那可就全完了。大胡子很友善地和迪卡拉着家常，迪卡紧张的心渐渐地放松下来。迪卡告诉大胡子，自己非常喜欢小提琴，可家里太穷买不起。迪卡说着，把一直夹在胳膊下的那把小提琴小心翼翼地放在一边。

大胡子轻轻拿起小提琴，温柔地抚摸着，片刻之后，大胡子说话了："这把小提琴是我五岁生日的时候妈妈送给我的，为了买这把琴，她整整捡了一年的破烂。看你这么喜欢，我今天把它送给你……"

迪卡那天怎么走出别墅的，连他自己都记不清了。只记得那是自己有生以来最快乐的一天。他不知道，大胡子是澳洲最著名的小提琴演奏家。

三年后，墨尔本市举行中学生音乐竞技比赛，大胡子作为澳洲音乐学会副会长被聘为比赛的首席评委。只是今天的大胡子早已不是以前的容颜：两年前的一场车祸彻底改变了大胡子的相貌，他胡子只得整了容，并且早已搬出了那所别墅。

比赛紧张进行。最后上场的是一个十六七岁的小伙子，他演奏的小提琴引起了大胡子的注意。他流利舒畅优美的演奏深深打动了大胡子。那是他这几年参加的几十次小提琴大赛中听到的最好的演奏。小伙子以绝对优势取得了本次比赛的冠军，被面试保送墨尔本音乐学院。

演奏结束，可大胡子的目光始终没有离开那个小伙子，更没离开那把古铜色的小提琴。在那把琴的琴头上，大胡子发现了那枚再熟悉不过的塑料小金鱼。

颁奖仪式开始了，每个获奖者都要发表获奖感言，出乎所有人的意料，那个获得冠军的小伙子神满含深情地讲述了三年前的那个黄昏，在那座别墅里发生的改变他一生命运的故事……

大胡子坐在评委席上，眼里噙满了泪水。他觉得，这是他一生中创作的最成功最珍贵的作品。

最珍贵的签名

那年秋天，我大专毕业分配到一所偏远山乡初中教英语。全班48名同学只我一人分到了全县条件待遇最差的学校，心里很为自己抱不平。

刚来那几天，一到放学，我常常一个人跑到学校前的小山岭上不停地无目的地走着，看着满眼的残阳、衰草、落叶、孤鸟和任你怎么驱赶也蹦不了多远的过冬蚂蚱……心情越发郁闷。

任教的一（2）班共36名学生。刚接手，课教得很不顺利，几次周考全班及格的没几个学生。这让我天天憋着一肚子的气，心里只想着托关系早一点离开这里。

一次，我让学生预习一篇小短文，就短短几句话，并布置回家抄写。第二天，批改作业时发现，胡平把单词抄得支离破碎，几乎每个单词都缺少一两个字母。

这个胡平平时不爱说话，课上从不举手发言，英语周考成绩很差，次次拖全班后腿。他总是木讷地坐在教室最一后排。当时，我正为学生考得不好而怒火中烧，这下正好借机杀鸡儆猴。我叫起胡平，当着全班同学的面，狠狠地训斥了一顿，用手指在他头顶上"咚咚咚"掺着脑瓜崩，还把他的作业本狠狠地掷在地上。面对我的暴风骤雨，胡平一声不吭，低垂着头，默默地捡起了沾满灰尘的作业本，一声不响地回到座位上。

很快我就把这事淡忘了。直到一次家访，我和班主任坐到了胡平家的土屋里。见到我们，胡平一反在学校沉默寡言的表现，略显羞涩地打着招呼，紧张地忙碌着，张罗着端茶倒水，俨然是家里的顶梁柱。这让我很惊讶。因为在我的印象中，像他这么大年龄的学生大都是独生子女，娇惯的很，不会这么老练懂事。很快我便了解到，原来胡平是孤儿，从小父母去世，是爷爷奶奶把他拉扯大。他的爷爷一条腿残疾，奶奶是个聋哑人。

昏黄的灯光下，爷爷拘谨地端坐着和班主任交谈，奶奶在一旁愣怔地看着。我随手翻着胡平的课本。我能感觉到胡平的目光正紧张地跟着我的手起伏着。我赫然发现课本的封皮上写的不是他的名字，当初抄写那篇短文的书页上，不知怎么被划出了几条大口子，好些单词的字母都残缺不全……我纳闷极了，脑海中突然想起上次批改作业的事。我拿着书不解地看着班主任，胡平在一旁低着头，圆脸红红的。

我这才知道胡平因为家境贫困，学校减免了他的学杂费，但为了减少开支，他用的都是村里孩子用过的旧课本。

得知这一情况的刹那间，我的脑海里再一次浮现出上次的情景，只觉得脸上火辣辣的，我不知道还能说什么。

家访回来的那晚，我失眠了。

第二天重感冒找上了我。我坚持着到教室给学生布置好作业，讲明原因，便摇摇晃晃下了讲台，回宿舍躺下。我哼哼唧唧地躺在单人宿舍的床上，难受极了，情绪越发低落。勉强吃了几片药，迷迷糊糊睡着了。

当我一觉醒来，下意识地一看表，已是傍晚时分，窗外上了黑影。肚子咕噜噜叫唤起来。我打开灯，爬起来，正想起来上街买饭，这时，门开了，哗啦进来十几个学生，走在最前面的就是胡平。他们有的手里拿着几张煎饼，有的端着一方热豆腐，有的拿着两个鸡蛋……各种吃食在床前堆成了一座"小山"，满屋子弥漫着食物的香味。

胡平手里捧着几个热乎乎的芋头，红着脸说："老师，听说您病了，这几个芋头是我让爷爷上山刨的，可新鲜了，您趁热吃吧！"

"老师，这红皮鸡蛋是我妈妈特意煮给您的，您快吃吧，吃了病就好了。"胖墩说着，将两个红皮鸡蛋递到我手里。

"这方豆腐是我拿豆子到邻居家换的……"

看着眼前热腾腾的食物和一张张可爱的笑脸，我鼻子一酸，眼泪差点流下来。

孩子们要走了。胡平刚走到门口，好像突然想起什么，三步两步跑到床前，掏出一张纸片，说："老师，知道您一个人吃饭不方便，您又病了，这是我们班同学自发编的送饭值日表……"说着，往我手里一塞，便一溜烟跑了。隔着窗子，我看到，一群孩子兴奋地跑着，很快消失在夜幕里。

打开纸片，是孩子们熟悉的签名。全班 36 个名字，我一个一个地念过，最后一个是胡平的名字，名字后面，是工工整整抄写的那篇短文。

看着那笔迹不同的 36 个名字，36 张笑脸——浮现在眼前，第一个就是胡平。霎时，我的眼前模糊了，泪水潸然而下……

我拿起笔，颤抖着手，在那串名单的后面一笔一画郑重地签下了自己的名字，并在名字后认认真真画了一颗大大的红心，将纸片小心翼翼地装进上衣口袋里。

20 年后，我成了省级教学骨干，但依然站在那所学校的讲台上。我所资助的胡平早已成了省城某大报记者。有一个 20 年来我一直不曾公开的秘密：在我的上衣口袋里，至今还宝贝似的珍藏着一张签有 37 个名字和一颗红心的纸片，那红心像大山深处一片火红的枫叶，在阳光照射下闪动着耀眼的火焰……

贫穷不是做贼的理由

晚自习一下，学生们都争先恐后地往宿舍跑去。试想，累了一天谁不想早点回宿舍休息？可就在熄灯铃响前，八号女舍出事了。先是刘丽一声惊呼：不好了，我的 80 元钱不见了，那是我这一周的饭钱！紧接着，赵雅芝说我的 60 元不见了！米兰说我——我的 20 元也不见了！全宿舍四个人只有舍长牛小惠的钱没丢。八号宿舍顿时乱成一锅粥。

"莫非进贼了？"牛小惠话音未落，其刘丽第一个朝门和窗子奔去。四个人经过仔细勘察，却发现门和窗子都好好的，没有半点被撬的痕迹。"看来不像是外贼，奇怪了，难道宿舍出了内贼？"四个人都不约而同地说，大家你看着我我看着你，都想从对方脸上找到答案。

这时熄灯铃响了，牛小惠说："大家先别声张，睡觉明天再找找。"吧嗒一声熄了灯。宿舍里顿时陷入黑暗中，可四个人谁也睡不着。

此时刘丽的脑子里飞速转着：4 个人就牛小惠有钥匙，偏偏她的钱没丢，这事十有八九是她干的！

赵雅芝也在心里想：八成是她！

米兰瞪着眼望着黑洞洞的屋顶，也在急速思考着。

牛小惠同样也在想：本周学校开展文明宿舍复查活动，偏偏宿舍出了这等事，消息一传出去，这文明宿舍的牌子可就保不住了……牛小惠想起两天前在班主任面前自己拍着胸脯立下军令状时的情形，不由得皱紧了眉头。文明牌子一定不能丢！可要是明天再找不到钱……兴许实在了太累了，这时一阵困意袭来，牛小惠很快发出一阵轻微的鼾声。

此时的刘丽、赵雅芝、米兰一点睡意也没有。

"嘘，雅芝，米兰，你们说这钱会是谁偷的？"刘丽先憋不住了。

"不好说。"赵雅芝低声说。

"不——不好说。"米兰半天也跟着说。

"什么不好说？谁偷了这不是明摆着吗！要是她没偷，我没偷，难道是你雅芝、米兰不成？"

"我看——八成是她。"赵雅芝犹犹豫豫地说。

"我——我也觉得是她。"米兰吞吞吐吐地说。

"真是知人知面不知心，明天就揭发她！"

"对。"

"对。"

黑暗中，赵雅芝、米兰附和说。三个人谁也没注意，刚刚睡下的牛小惠又被她们弄醒了，并且听到了她们的对话。牛小惠真想爬起来和她们对质，可身为舍长的她知道这样做会是什么后果。她强忍着泪水，一夜未眠。

牛小惠是个责任心很强的人，在她心里集体的荣誉高于一切。宿舍发生这样的事，她这舍长是有责任的。怎么办？牛小惠苦苦思索着。她忽然想到昨天妈给的 200 元买衣服的钱，眼前一亮。

第二天一起床，牛小惠说："对不起，这事是——是我做的，在我把钱还给大家之前，我有个要求，这事谁也不许告诉别人，好吗？"

"那——好吧，反正钱找到了。"刘丽第一个说。

"好吧。"

"好——好吧。"

赵雅芝、米兰附和道。

牛小惠打开钱包，按照三个人报的数目，分别给了刘丽 80 元、赵雅芝 60 元、米兰 20 元。刘丽一把抓过钱一脸鄙夷。赵雅芝也鼻子哼了一声。只有米兰一言不发。

从此，宿舍里几个人看牛小惠的目光多了一层意思。

八号宿舍的文明牌子保住了，牛小惠心里无法平静，她暗下决心，一定要调查清楚，看到底是不是内贼所为。

主意拿定，牛小惠暗中开始了一系列调查。她先后排除了刘丽、赵雅芝，还剩最后一个怀疑对象米兰。米兰家住城郊，母亲病故，父亲外出打工不慎从脚手架上摔下，落了个半身不遂。

周末，牛小惠假装找米兰玩来到米兰家。米兰家的门洞开着。牛小惠刚走到里屋门口，正想喊米兰，猛地听到里面有人说话：

"兰子，多亏了你那天给我买的药，哎，爸这身子拖累你了，兰子，忘了问你，上次买药的一百多块钱哪来的钱？"

"爸，那是我前些日子课余时间捡破烂换的钱，您就别多想了，好好吃药——"

"捡破烂？你米兰什么时候捡破烂了？米兰为什么撒谎？"牛小惠纳闷了，只片刻功夫便明白过了，原来那钱是她偷的！牛小惠真想冲进去当面揭穿米兰的谎言，屋里这时传出米兰爸爸剧烈的咳嗽声，牛小惠猛然止住了脚步，蹑手蹑脚地退出院子。

几天后，米兰收到一张300元的汇款单。汇款人地址姓名栏都空着，只有附言中写着：不要问我是谁，我是一个真心想帮助你的人。米兰看着附言中那几个娟秀的字泪水夺眶而出。

转眼到了毕业的日子。毕业前一天，牛小惠突然收到一封信，信中写道：小惠，对不起，钥匙是我趁你不注意偷配的……我家里实在没钱买药了，可我不能眼睁睁看着我爸爸等死……我从那张汇款单上的笔迹上认出你，可我一直没有勇气向你们坦白……是你让我懂得了贫穷不是做贼的理由……就要毕业了，我不能再让你替我背一辈子黑锅……小惠，以后我们还能做朋友吗？

看着看着，牛小惠的眼睛润湿了，她自言自语地说：米兰，你终于交了一份满意的毕业答卷……

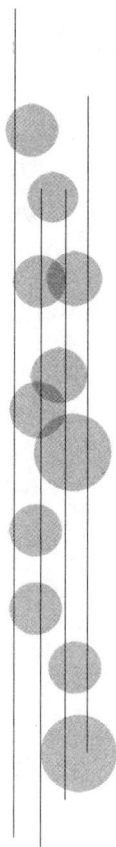

坐一回儿子的车

儿子从省城回来了。儿子是开着自己的小轿车回来的。儿子的车很豪华。那鲜红的外壳越发显出小车的高贵气派。

儿子回来了，母亲很高兴。看到儿子的车，母亲知道，儿子出息了。喜悦从母亲的心底泛出来，泛滥在那张饱经岁月的老的脸上。

父亲死的早。母亲又当爹又当妈，辛辛苦苦把他拉扯大，出了大学，在省城一家外资企业找到工作。儿子干工作很勤奋，经过二十多年的打拼，儿子如今已是那家外资企业的部门经理。

儿子除了偶尔打个电话问个平安，母亲平时很少听到儿子的声音。母亲觉得和儿子越来越陌生。邻居张老太、厉老汉的儿女们经常隔三差五地回来看看，拉着老人这转转那看看。母亲看在眼里，眼馋咽唾沫蛋子。对门张老太就曾说过几回闲话，说母亲的儿子太不像话，也不知道带母亲出去转转。即便如此，母亲却不怨儿子，一点也不怨，到什么时候都不怨。因为母亲知道，儿子很忙。在外又没个帮手，儿子混个人不容易。

现在，儿子开着小车回来了。七十多岁的母亲兴奋得跟孩子似的，伸出那只老手，小心翼翼地去摸车头。手指刚触到，那车突然红灯闪烁，骤然响起一阵刺耳的鸣叫声。母亲的手一哆嗦，赶紧拿开。母亲紧张地看着儿子。儿子笑了，说这是报鸣声，防盗的。

母亲想坐一回儿子的车的想法，就是在那个时候萌生的。说萌生并不准确，因为母亲的这一想法由来已久。母亲清楚地记得，儿子很小的时候曾经说过，长大了赚钱了，一定要让母亲坐一回小汽车。母亲还记得，同样的话儿子在去上大学的前一天晚上，参加工作之后第一次回家的时候都说过。可这二十多年来再也没听儿子提起过。

母亲偌大年纪了，两脚还从没迈出过那个小县城一步，更没坐过一次小轿车。

母亲心里很矛盾。明明儿子的车就摆在家门口，直截了当说不就得了，可母亲开不了这口。母亲想让儿子自己提出来。要是这样自己肯定会同意。母亲甚至想象着自己已经坐车里，那种感觉相比坐在厚厚的棉被上还要舒坦。

饭桌上，儿子津津有味地吃着母亲做的可口的饭菜。母亲坐在一旁看着儿子吃饭。儿子告诉母亲，这次是出差顺便回来，只待一个晚上，第二天一早就走。

母亲很想跟儿子聊聊，儿子却说自己很疲劳，吃了晚饭就睡了。母亲屋里的灯光亮了整整一夜。

儿子要走了。母亲再一次摸着那车，那车突然红灯闪烁，接着发出一阵刺耳的声响。母亲这次没有惊慌，又来回摸了一遍，那神情像抚摸一个熟睡的婴儿。

儿子走了。眨眼的功夫车子就无影无踪，好像从来没有来过。母亲的眼睛模糊了。

儿子走后的日子里，母亲想坐一回儿子的车的那个愿望一天比一天强烈。于是，母亲便经常做梦，梦见自己正坐在儿子的那辆红色的小车里走在去省城的路上，和儿子有说有笑。虽然醒来不免一阵惆怅和失落，但母亲坚信，以后一定有机会坐一回儿子的车。母亲想，下次儿子再回来，儿子不说，自己也一定要说。

十一到了，儿子打电话告诉母亲，有几个省城的朋友要来逛山。大城市的人就是奇怪，几座山有什么看头？母亲很高兴，又可以见到儿子了，见到儿子就有机会坐一坐儿子的那辆漂亮的小轿车。

儿子还是开着那辆红色的小轿车回来的。可母亲并没有能坐一坐儿子的车。因为儿子车里都被那个城里来的人坐满了。还有儿子压根就没提这事，母亲鼓了几鼓，到嘴的话最终又咽下去了。

儿子走了，母亲的心里很抑郁，话少了。母亲不愿意让邻居们知道自己的心事。可最终还是让喜欢刨根问底的张老太知道了。张太太却母亲直接跟儿子说得了，可母亲一口拒绝了。

转眼过年了。儿子又开着那车回来了。母亲还是没能坐一坐那车。儿子在家的三天时间，整天开着车到不是今天走访这个领导，就是明天看望那个经理的。儿子压根就没提，母亲鼓了几鼓，又把话咽下去了。看来儿子早把当年说过的那些话抛到脑后了。

儿子走了，母亲更加抑郁，身体渐渐消瘦下去。走路都有些不稳了。但儿子不知道这些。母亲不让人告诉他。一个字都不让。

麦熟一晌，人老一时。母亲说不行就不行了。儿子开车赶回家的时候，母亲已经奄奄一息。儿子回来两天了，母亲却迟迟不肯咽下最后一口气。

是张老太告诉儿子母亲的心事。

儿子顿足捶胸。抱起母亲疯了一般朝车子奔去。没等车门打开，母亲已经咽气了。

第二天，母亲终于坐上了儿子的那辆红色小轿车。不过那车没有开往儿子住的省城，也没有到有风景的地方，而是缓缓地驶向了小城西北角，那里是一个建成不久的高档火葬场。

儿子泪流成河。

我的老师赵小胖

父亲死得早，母亲性情软弱，加之父亲走后母亲情绪一直低落，没有了心思管我，这让我从小养成了自私、任性、固执的性格。

我的这一性格在初二上学期达到高峰。不听老师的话，不认真听讲，课下和同学打闹，时不时做出一些出格的事成了我的家常便饭。这让所有任课老师和班主任都十分头痛。

期中考试后不久，班主任突然患病，学校临时安排团委书记赵老师教我们语文兼班主任。当赵老师站在讲台上，介绍自己的名字叫赵小胖时，我们都忍不住捂着嘴巴笑了。

听名字你会断定赵老师一定是个长得矮乎乎胖嘟嘟很和蔼的男教师，那你就大错特错了。赵老师其实是个女的，二十四五岁，瘦瘦的，一头乌黑油亮的秀发披在肩上，走路一甩一甩，很派，嘴角微微上翘，左嘴角下方有个小小的黑痣。

全班数我笑得最放肆最目中无人。我满以为赵老师会像以前几任班主任和任课老师那样，劈头盖脸地批我一通，最后将我驱逐出教室。没想到，她居然笑着说："名字是我母亲起的，我很小时候经常有病，身体瘦得不行，麻秆一样，父母最期盼的就是我能胖起来，所以将我的名字改成小胖。可你们看，我现在还是瘦瘦的，可谓是山寨版的小胖，不过我喜欢现在的样子，同学们，你们看我是不是很有几分亭亭玉立的味道，喜欢我吗？"

喜——欢——同学们都不约而同地笑着喊道。

欢——喜——我故意拖着长长的语调将"喜欢"倒过来说。这一声长音在班级中显得那么那么与众不同，甚至有种鹤立鸡群的味道。

喊完，我心里扑扑跳，太出格了，老师一定不会饶我！然而，赵老师没有说我，更没有让我出去晒太阳。她用那双明亮的眼睛笑眯眯地看着我，大

约几秒钟后，她微微点点头，手一挥，说："别逗了，上课！"

第一堂课，赵老师给我们全班同学留下了很深刻的印象：漂亮、和蔼，又不失幽默风趣和机智。

第二天学校举行公开课，赵老师主讲，全体语文老师听课。赵老师正投入地讲着课，突然，一只篮球状的大纸团咕噜噜滚到了讲台前面的地上。"啊"前排的几个同学惊讶地叫出了声音。其他同学不知道发生了什么事，都伸长脖子，好奇地瞪大眼睛。听课老师的目光如箭一样，齐刷刷射向那只"篮球"。

我心里怦怦直跳——这只"篮球"是昨天我刚用纸团扎的，我还在上面画了球王贝利踢球时的样子，那凌空飞起的一脚是何等的酷何等的霸气！我把球放在板凳边，刚才一没留神，腿一动，球就滚走了。

是谁这么调皮捣蛋？竟然在课堂上玩篮球？赵老师的脸倏地红了，胸部起伏，看得出她努力保持镇静，只片刻时间，赵老师拢了拢头发，弯下腰，将球轻轻捧起，缓缓说道：

"看来，我们的课堂气氛真的很热烈啊，你瞧，连篮球宝宝都不甘寂寞，来凑热闹了。"

教室里顿时响起来一片笑声。

赵老师挥了挥手，意味深长地说道："看来这位同学很喜欢足球，只可惜我们现在实在太忙，恕不奉陪哟，等下了课，我和这位同学到操场切磋一下球技。"说完，打开讲台的柜子，不动声色地把"篮球"放了进去。

"好了，插曲播放完毕。现在，我们继续学习课文……"

我真的太过分了！我心里隐隐有了些自责，这是一种久违了的感觉，让我心潮起伏，五味杂陈。那一刻，我清晰地听到发自心底的海潮声。

一下课，没等赵老师找我，我主动找到赵老师，如实交代了制作这只篮球的原因……

一周后的那个下午放学的时候，我正手忙脚乱地收拾书包，打算到操场踢球。赵老师把我叫到办公室，从办公桌下拿出一个画有球王贝利踢球图案的新篮球。

喏，拿着！

我愣了，真踢球啊？还是……

"知道今天是什么日子？"赵老师笑眯眯地看着我。

"什么日子？不……不知道啊?"我懵了。

"忘了？前天我们班刚登记了全班同学的生日，今天你就忘了你的生日？这个篮球是我送给你的生日礼物，请你笑纳。"

天哪，我的生日都忘了！说来见怪不怪，自从父亲去世后，母亲没有了好心情，家里拮据得很，我已经很少正儿八经地过生日了，即便过也是两个鸡蛋打发了，更谈不上收到别人送给什么礼物。可我不止一次梦到生日那天，母亲给我买了足球……

捧着这个梦想了多年的足球，眼泪止不住流下来。这时，我清晰地听到一个声音：厉剑童，你小子可要争口气啊！

从此，老师们都发现我变了，那个桀骜不驯的愣头小子不见了，变得懂事了，爱学习了。

一年半之后，我考取了县重点中学。

三年后，我被南方一所重点大学录取，毕业后顺利地找到了一份理想的工作。

不久前，我回母校看望赵老师，说起当年送我足球的事，她转身回到书房，拿出一个纸盒子，令我惊讶的是，那里面赫然躺着当年我做的那个"纸篮球"！

这么多年，我之所以精心保存这个"篮球"，不仅仅是它见证了一个学生的成长过程，并且它还无声地告诉我：只要老师有足够的爱心、耐心和机智，一切奇迹都可能发生……

赵老师还在说着，我的眼睛早已模糊了。

赵老师送我的那个生日礼物，至今我一次没用，被我小心地保存在书橱里，不，珍藏在心里、骨髓里……

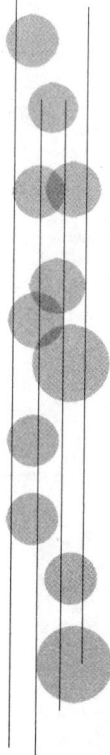

美丽的健忘

那年冬天，第一场大雪降临前夕，在暖烘烘的火炉旁，老校长一番推心置腹的长谈，将我推到了初二（8）班班主任的位子上。

这是一个全校出了名的"刺头班"：

全班五十几个学生中仅在政教处挂上号的就有七八个男生。打架斗殴、小偷小摸、毁坏公物、欺负女生现象屡屡发生。前任年轻的女班主任实在忍受不了这帮学生的"折磨"，在写了四四一十六次辞职报告后终于卸下了压得几乎令她窒息的担子。

面对老校长的一头白发，我重重地点了点头。那一刻，一种慷慨悲壮的感觉涌上心头。

上任前一天，我暗中对班里最难管理的学生做了一番排查摸底。通过询问任课老师，侧面了解班里的女生，很快便列出了一长串名单：张龙、赵虎、余存……好家伙，足足十几个名字！都是纯一色的男生，挑头的是那个叫赵虎的学生。

照片上，赵虎个头矮小，平头，小眼睛，看起来有些瘦弱。真难想象这么一个学生却成了最难治的"刺头"。怎么办？从没尝过失眠滋味的我，第一次失眠了。

第二天，我刚到办公室，正忙着整理教案，思考着如何抓好班级管理，突然听到有人喊：报告！一抬头，只见赵虎和几个男生站在办公室外。这帮"人见愁"一大早找我干什么？我心里很疑惑。

"报告老师，我们几个想转学，麻烦您跟学校说说。"赵虎的一双小眼睛一眨不眨地看着我说。

"转学？转哪门子学？为什么转学？"我很不解。

"我们知道，您管班很严，您当我们的班主任肯定没我们的好果子吃，

还有听说校长授权给您，只要我们不服从管教就开除，所以我们想早点转学走，免得被您赶走。"赵虎胸脯一起一伏。看得出，他还是有些紧张和激动。

"谁说我要开除你们？我还想跟你们做好朋友呢。你们主动找我我很高兴……回去，好好表现。"

"真的不开除我们？"赵虎眼睛瞪得大大的，将信将疑。

"君子无戏言！我说话算数，下步看你们的！"我靠近一步，轻轻拍着赵虎的肩膀说。

"真的？那我们放心了。老师，掰掰了！"赵虎调皮地说着，和他那几个学生一起蹦跳着走了。看着他们淘气的背影，我苦笑着：这帮小子！

没想到，下午刚上课班里出事情了：邻班有个男生欺负我们班一个女生。赵虎和张龙打抱不平，把那个学生给打了，弄得家长找上门来兴师问罪。

这个赵虎、张龙啊，你们怎么这么不让人省心！我的心陡然沉了下去。我阴沉着脸，找到他们，严肃批评了一番，并让他俩向家长当面道歉。忙碌了一个下午，事情总算平息下去。

可是，这事还是被传到了老校长的耳朵里。按照规定，周一升旗的时候对上周违反纪律的学生要做通报批评。校长让我把名单送到政教处等候周一通报。

我一口应承下来。

周一升旗的时候，好端端的天突然下起了大雪。升旗仪式依旧举行。

政教主任通报各班违纪学生名单。

我注意到，张龙、赵虎耷拉着头，红着脸，不敢正视别人。两只脚不停地来回蹭着地面。看得出，他们也有自尊心，也害怕点评批评。

名单念完了，却没有赵虎和张龙。我偷偷观察，看到他俩先是一脸惊讶，继而疑惑。

刚回办公室，赵虎后脚就进来了，疑惑地问道："老师，升旗怎么没点我们的名？"

我反问道："难道你们想被点名通报？"

他们赶紧摇摇头。

"按说你们的确够得上通报批评的，校长也让我上报给政教处，可老师我有个毛病好健忘，你们很侥幸，我把这事给忘了。"

"真的吗？太幸运了！要不然我可要丢大脸了。"

看着眼前这两张青春、单纯、兴奋的脸，耳听着雪打窗玻璃的噗噗声，我不由地感叹道："你们这帮孩子，什么时候才能长大？"

接下来的事让我开心极了。

周一，班里相安无事。

周二，还是相安无事。

……

一周结束了，赵虎没给我惹任何麻烦。我决定趁热打铁。

"你们这一周表现很好，老师感谢你们对我工作的支持。"我由衷地说。

"老师……您为我们付出了那么多，您是我们见过的最好的老师。要再不好好表现，那我们还叫男子汉吗？请您相信我，相信我们！"赵虎说着，一脸真诚地看着我。下意识地攥紧拳头。

张龙也在一旁郑重其事地点头附和。

听，还男子汉！听了他俩发自内心的话，我心里一阵感动。暗暗为自己的"健忘"得意。真没想到，"健忘"居然是如此的美丽、神奇。

此刻，他们兴许还在庆幸老师的健忘。其实，他们哪会知道，一向在教师中有着"活字典"雅号的我，怎么那么轻易健忘？我只想再给他们一次改过自新的机会而已。

在此后多年的班级管理过程中，我不止一次发生过这种"健忘"。我也因此被学生背后评为"记性最差的老师"。

你的微笑就是礼物

"这个班简直没法教了，上课死气沉沉，特别是那个赵雅丽，名字起得很阳光，可上课从没见她举过手，天天皱着眉头，好像谁欠了她200万似的……"大力刚一回到办公室，屁股还没挨着椅子，嘴里就嘟囔起来。

这个赵雅丽我不止一次听大力说过，印象中是个寡言少语、学习成绩差、不听老师话的女孩子。

放学的时候，我和大力一起走着，大力指着前边一个女生说，她就是那个赵雅丽。是她？走路低着头，别的学生边走边嘻嘻哈哈，她谁也不说话，满腹心事的样子。

真正接触赵雅丽是在期中考试后，大力病了，由我兼任这个班的语文课。第一堂课给我留下了很深的印象。我一连提问了她几次，她始终低头不答。给人一种游离于班级之外的感觉。

小小年纪，怎么会是这样？

女孩的心思你别猜，猜来猜去你也不明白……录音机传来悦耳的歌声。我一边听音乐一边心里琢磨：这个赵雅丽……

第一节作文课，为了加强和学生之间的沟通，我决定以"老师，我想对你说"为题让学生写作文。作文收上来了，我随意翻开一本作文本，有段娟秀的文字顿时引起了我的注意：

"我曾无数次地质问大地，为什么我的学途如此坎坷？我曾无数次地诘问鬼神，为什么我的未来如此茫然？没有人给我答案……我的天空被乌云遮蔽……"

很美的文字啊，谁的？我赶紧翻看封皮，赵雅丽三个字赫然映入我的眼帘。是她写的？！那一刻，我清楚地看到一缕明亮的阳光倏地射进我的心房。

难怪她天天寡言少语，表情冷漠，原来她走进了一个心理阴影之中。

我写了一封信，悄悄放在她的书桌里。信中写道："不要抱怨自己感受不到温暖，那是因为你的后背挡住了阳光，转过身来，阳光就会立刻铺满你的脸……"

第二天上课，我看到她抬起头看我了，但旋即又仓皇低下头。我仿佛看到了希望的光，决定趁热打铁。

在那个晚霞满天的傍晚，校门前的那条弯弯的小路上，几经启发鼓励，在走了八个漫长的来回之后，赵雅丽终于向我敞开了心扉：

"刚上初一，我扎了两根羊角辫，有一次课上回头问同学要文具用被老师看见，他狠狠地批评了我，说我是一头小山羊，没个女孩子的样……我的自尊受到极大伤害。没想到，在老师眼里我居然是这样的一个学生。我恨透了那个老师。从此我讨厌学习，讨厌所有的老师……"

我静静地听着。末了，我轻轻拍着她的肩膀说："老师也曾和你走过一样的路。只要振作起来，克服那些不良心理，你还是一个很有希望的学生，特别是你的文笔很好……"

她低头不语，柳叶眉微微动了一下，眼里溢满了闪闪的泪花。

"老师，您是我上初中后第一个听我说心里话的人。我……我想提一个要求，好吗？"

"可以啊，尽管提，只要老师能办到一定答应你。"

"我……我的英语学习成绩不好，听说您是英语专业毕业改了教语文，您可不可以帮我补习一下英语？"

"没问题，"我不假思索地说，"不过，我有一个条件，你必须送一样礼物给老师……"她开始着急起来，一脸茫然。

"什么礼物暂时保密。不过你必须做到让自己的心情开朗起来，不管上什么课都要抬起头，积极回答老师的问题，遇到不明白的地方要主动问老师、同学……到时我自然会告诉你老师要什么礼物。这些你能做到吗？"我微笑着，耐心等待着。

"这个……"她犹豫起来。

"答应我，你能行！"

她仿佛下了很大的决心，终于点了一下头。

第二天，我看到，赵雅丽见到老师能主动打招呼。上课能主动回答老师的提问。我欣慰地笑了。对她的补课也开始了。

时间一天天过去。赵雅丽脸上的笑容一天天多起来。

两周后的一天，赵雅丽主动到我办公室询问礼物的事。我说现在时候不到天不亮。等你完全按老师说的去做了我才告诉你，好好努力。

以后的日子里，我看到她的确在一天比一天努力。脸上的笑容一天比一天多。

一个月后的一天，赵雅丽再次找到我，仰着头，闪动着柳叶眉，拉着我的手，娇嗔地说："姐姐老师，现在可以告诉我您要的礼物了吧？"我看到她一脸的灿烂。一个多可爱的阳光女孩。是时候了。

我说："其实你早已把礼物送给我了。"

"什么？早送了？！不可能啊？"

我拿出自己的化妆镜给她，说："看这里。"

她接过镜子，看了又看，一脸的疑惑。

"笑一个。说说看到什么了？"

她还是不懂。

"傻丫头，你的微笑，明白了吗？你的微笑就是送给老师的最好礼物。"

她愣了，旋即领悟过来。两颗美丽的大眼睛里霎时闪动着晶莹的泪花。

此刻，我分明感觉到，两行温热的液体从我眼睛里悄然滑落……

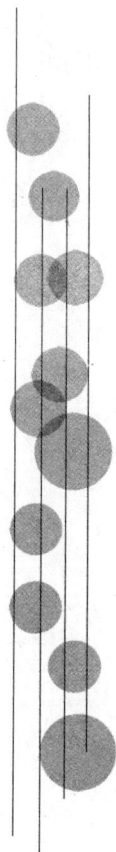

压岁钱

　　正月初二，一场大雪把山城装扮成一个粉妆玉砌的世界。雪后初晴，机关家属院里顿时热闹起来：七八个孩子在楼下的空地里跑着闹着、喊着叫着，堆雪人、打雪仗、放小干炸（一种小爆竹），尽情享受着属于他们的快乐时光，把年味烘托得越发浓郁。

　　也不知玩了多久，孩子们终于玩累了，闹够了，说不清是谁先起的头，他们拍着各自的口袋，看谁的压岁钱最多。

　　毛毛拍着鼓鼓囊囊的口袋，仰着红扑扑的脸蛋说："我的多，850！"

　　"我的400！"小青说。

　　"我560！"壮壮说。

　　"你们都不如我多，看我的，1200！"胖墩仰着头说着，掏出一大把百元大钞高高举着。

　　……

　　"我……我有百货大楼的购物卡，600的！"小青不服气地说。

　　"我也有超市的卡，1100！"

　　"我也有卡，1200！"

　　……

　　"你们那些卡算什么卡？我有三张，每张1500！"胖墩变戏法似的手里举着三张银座购物卡，逐个在小伙伴们眼前得意地晃着。

　　……

　　"我的钱都是我爸爸单位来拜年的叔叔阿姨给的，他们还夸我真聪明真可爱。"胖墩说。

　　"我的卡是别人给我爸，我爸又奖给我的。"

　　……

孩子们谁也不服气谁，争相比着。只有个头瘦小的小正一句话也不说，一只手局促地摁在那只瘪瘪的口袋上。

小正，把你的拿出来，给我们看看。

小正，我们大家都拿出来了，你的也拿出来。

"我……我没有……"小正低着头，红着脸。

"没有？不可能！你骗人！"

"没有你把口袋捂得那么紧干什么？"

"我……我没有你们那么多，我只有 35 块钱，不信你们看。"小正说着一把钱一股脑掏出来，摊在手心里。

"就这些？"孩子们一个个瞪大眼睛，不相信地看着小正。

我爸妈就给了这些，谁骗人是小狗！不知是冻的还是急的，小正的脸通红通红的。

"你爸妈真抠门，平时不给，过年也不多给些钱，你爸当那么大的官，单位里那些叔叔阿姨没有给的？"

"我爸妈不让我要别人给的钱，谁的也不许要。昨天有个叔叔偷偷给了我 3000 块压岁钱，我爸让我妈给送回去了，还打了我一巴掌。"

"嗷嗷，小正是个穷光蛋，他爸妈都是吝啬鬼……"孩子们取笑着，继续玩起了堆雪人打雪仗的游戏……

第二年，也是正月初二，也是一场大雪过后，还是那个机关家属院里，毛毛、胖墩、小青、壮壮和小正几个孩子在楼下巷子里跑着闹着、喊着叫着，堆雪人、打雪仗、放小干炸……

不知过了多少时候，他们玩够了，闹完了，闹不清谁先起的头，几个孩子又比起了压岁钱。

毛毛拍着鼓鼓囊囊的口袋，仰着红红的脸说："我的比去年的多，950！"

"我 1888！"没等毛毛说完，壮壮抢着说。

"我 1600！"小青说。

……

"我有个 600 的购物卡！"

"我也有卡，3000！"

"你们都比不过我，我的 3400！小青像凯旋的将军。"

……

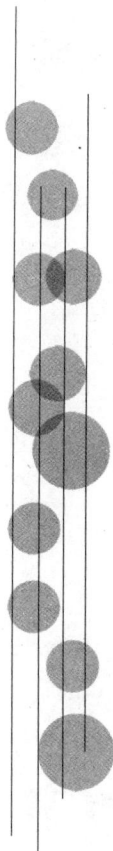

"我的钱都是我爸爸单位来拜年的叔叔阿姨给的，他们说我真漂亮真可爱。"

"我的卡是别人给我爸的……"

孩子们谁也不服气谁。只有小正和胖墩一言不发。此刻他们俩的口袋里都瘪瘪的。

胖墩，去年你的最多，今年一定少不，快拿出来让我们看看。毛毛等不得了催促说。

"对啊，小正是个穷光蛋，他不好意思拿出来也就算了，胖墩你的得拿出来看看。胖墩，快呀!"几个孩子附和，起哄说。

……

"我……我……"胖墩犹豫着，不肯往外掏钱，边说边往后退。实在无路可退了，胖墩这才把手慢慢伸进口袋，当那只手抽出来的时候，伙伴们都愣了：胖墩手里只有一把一摞一元、两元的零票，总数不过二三十块钱。

就这些……胖墩说着眼泪就要流下来。突然胖墩涨红着脸，瞪着眼，看着小正，愤怒地说："怨你怨你都怨你，都是你爸害的，是你爸把我爸抓走的，害得我连mp3都买不起!"胖墩说着，眼泪再也止不住了。

孩子们都愣了，但很快明白过来，谁也不说话了。

胖墩的爸爸是财政局局长，几个月前因贪污受贿罪被判刑入狱。受贿的钱财都被追缴回去，家里值钱的东西都卖了……小正的爸爸是反贪局局长，和胖墩的爸爸是大学同学。是他带人抓的胖墩爸爸，也是他带人去抄的家，为这事胖墩的妈妈还到小正家大吵大闹，砸坏不少东西。胖墩妈妈病倒了，小正爸爸妈妈提着东西上门去看望，被胖墩妈妈骂了一顿，东西也被扔了出去，隔了几天小正爸妈又去看望……

这事孩子们都知道。

不玩了不玩了。毛毛低声说了一句，孩子们都快快地回去了。只剩下胖墩和小正。家属院里顿里显得冷清空旷起来。

"胖墩，对不起，这是我的压岁钱，你不是想买mp3吗?都给你。"小正说着，把手里的200元钱塞给胖墩。

"谁要你爸的臭钱!你还我爸爸!"

"胖墩，这钱不是我爸妈给的，是我平时卖废品一元一元攒的。"

"什么?你卖废品攒的?骗人!"

"没骗你，我家的院子里还堆着不少废品，都是我捡的，不信你去看看……"小正急了，拉着胖墩的手就要去自己家。

小正，我……我相信你！

胖墩，我也想听 mp3，咱俩把钱凑在一块买好吗？不够，我们可以一起捡废品卖，这样明年过年的压岁钱不也就有了……

胖墩低着头，半天无语。当他再次抬起头的时候，热泪已从这个倔强高傲的孩子眼里滚滚涌出……

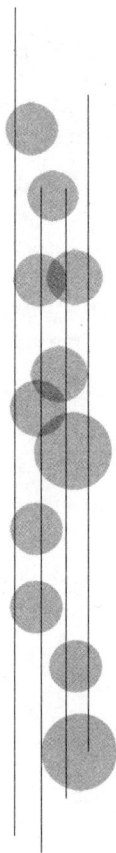

两个人的秘密

眼看着家长会预定开会时间到了，可赵小胖的家长迟迟不见人影！马老师站在教室门口，不停地看着手表。

这个赵小胖啊，怎么搞的！提起赵小胖，马老师就犯头痛，学习不认真，上课调皮捣蛋，经常给班里惹麻烦。难道他这次知道自己表现不好，没敢回家说开家长会？再过三分钟，就三分钟，不来就不等了。马老师下定决心，低头看了一眼手里的讲话提纲。

"老……老师……我……我爸爸来了。"马老师猛地抬头一看，只见赵小胖和他爸爸正气喘吁吁地站在跟前。

咦？别看赵小胖长得不怎么样，细长脸，又瘦又小，穿得也很土。可他爸爸倒是高大魁梧，国字脸，一表人才，穿着也干干净净。马老师一边打量，一边不由地把这父子做了一番对比。

对不起老师，我们迟到了。赵小胖爸爸满含歉意地说，赵小胖在一旁轻轻扯了一下爸爸的衣角。赵小胖爸爸赶紧止住。

你们总算来了，快进去快进去，马上开会。

一个小时后，家长会结束了，马老师特意把赵小胖的爸爸叫到一边，详细介绍了赵小胖近期在校情况，嘱咐他好好管管。赵小胖的爸爸连连点头，一定，一定。

看着赵小胖父子渐行渐远的背影，马老师禁不住摇摇头，自言自语道："赵小胖的家长倒是很不错，可怎么生了这么个孩子？这世上的事真是不可思议。"

这次家长会上，一个重要议题是学生安全。没想到，第二天班里就出事了。一个男生上体育课翻单杠时，被另一个男生猛地推了一下，从单杠上摔下来，幸亏只是腿上蹭破了点皮，否则可就酿成大事故。这个推他的学生不

是别人正是赵小胖。

赵小胖啊赵小胖，你真不让人省心，你什么时候才能改好呢！马老师沉着脸，生气地说。赵小胖头仰着，眼角上挑，一副满不在乎的架势。

不行，我必须家访家访，把赵小胖的表现还有这次惹的事如实报告给家长，也好给人家那个男生家长一个交代。看到赵小胖的神情，马老师气不打一处来。

第二天，马老师去了赵小胖家。费了好大工夫，总算找到赵小胖的家，一看就是一个贫寒的家庭。三间破旧的平房，屋里什么像样家电也没有，他母亲打着过去农村妇女常打的灰色头巾，一只胳膊弯曲着，正忙着喂猪。

马老师说明身份，赵小胖母亲一面赶紧拿板凳让我坐下，把板凳用衣袖擦了又擦，一面歉意地说："真不好意思，事前不知道老师会来，也没个准备。我这就烧水泡茶。"我忙把她劝住，让她坐下聊聊。

小胖一大早就出去玩去了，他爹放羊去了。赵小胖母亲显得很局促，一只手不停地搓着衣角，小心翼翼地问道："孩子是不是又犯了什么错了？"

"啊——没有没有，他表现还不错。我这次只是顺道来家访，没什么大事。"马老师把到嘴边的那些话硬生生咽了下去。不能再给这样的家长添乱了。

正说着，小胖也从外边回来了。看到马老师，小胖很吃惊，低着头，红着脸，一溜烟跑到屋子里不出来。

"出来孩子，跟老师打招呼，快点。"小胖妈妈催促说。可小胖就是不出来。

"这孩子，唉，真拿他没办法！"她母亲重重叹了口气。

正说着话，一个戴着破草帽的男人吆吆喝喝赶着两只羊进来了，看到家里来了个生人，愣了一愣。

孩子他爹，这是小胖的班主任。小胖妈妈站起来帮着把羊赶到圈里。

"老师，您来了。"这位朴实憨厚的汉子说了这一句话算是打了招呼。

什么？这是赵小胖他爹？矮矮的个子，满脸疙疙瘩瘩，一条腿还有些跛，一看有五十多岁的样子。不对啊，这个人是他爹，那上次那人是谁？马老师被搞糊涂了。

正要开口询问，赵小胖红着脸从屋里出来，很紧张地看着马老师，不停地递眼色。看来这里面一定有什么文章。马老师没有问下去。

家访结束了，走出赵小胖的家，小胖跟在马老师后边，一直跟出很远。

"说说，怎么回事？"

老师……上次到学校开家长会的那个人是我……是我花钱找人替的，我……我不想让我爹去，他那副形象，太丢人了……

原来如此，怪不得当初看他爷俩怎么会相差那么大。

"小胖啊，我说你什么好呢？"马老师又好气又好笑。

"老师，我错了……能替我保守这个秘密吗？千万别告诉我妈还有我……我爸爸，还有同学……行吗？"赵小胖哀求道，眼泪在眼眶里打转转。

"要我替你保守秘密？可以，不过你得答应我个条件，必须好好学习好好表现，否则，我早晚会把这事告诉你父母，还有全班同学。"马老师板着脸说道。

"我一定会好好学习，要是我不改怎么处理都行……"

以后的日子里，赵小胖果然没有食言，不但渐渐遵守纪律了，并且学习也认真了。初三毕业，考取了县重点中学。这期间，马老师一直保守者那个属于两个人之间的秘密。

几年后的一个教师节，马老师接到北方某重点大学的一封来信，是赵小胖寄来的，他在信中写道：感谢老师，替我保守当年的那个秘密。其实，老师您不知道，我亲爹在我十岁时就死了，那个丑陋的男人是我后爹……是您让我懂得了做人要学会尊重别人。现在我后爹很以我为自豪，希望您永远保守这个秘密好吗？

看着来信，马老师欣慰地笑了。那个秘密其实他早已经忘却了，永远地忘却了。

第 21 名

那一年，我十四岁，上初二。我兄弟姐妹六个，我是老小，我的几个哥哥姐姐没一个上高中的，更没有考上大学的。父母把考大学的唯一希望寄托在我身上。尽管我努力学习，可天赋的不足，使得我的每次考试成绩都很不理想。这让我陷入极度痛苦和焦虑之中。

那时候考试兴排名次，很多班级每次考过试之后，总是将每个学生的班级名次、年级名次用一张大红纸堂而皇之地贴在黑板上，或者教室、学校大门口，红纸黑字一目了然，常常引来很多人的围观。人们围在那张大红纸前，指指点点。我初一时的班主任就是这个做法。我的成绩不好，每次贴出那张大红纸的时候，我总不敢去看，一整天惴惴不安，仿佛犯了重大错误，脸火辣辣的，抬不起头来。渐渐的，我对学习失去了信心，更看不到一丝希望。

初二上学期的时候，我们班新来了一位班主任，个子不高、平头，穿一身中山装，说话一板一眼地，脸上始终带着微笑。井上老师虽然每次考试也排名次，但用他的话说，我是在心里在我的密码本上排，绝不将名次公开张榜公布。这让我们这些学习中下等的学生很是欢呼跳跃了一阵子。这引起了不少人的质疑。有的老师说他是个怪人。可不管别人怎么说，井上老师总是坚持自己的做法，没有丝毫改变。

井上老师有个习惯，每次考试总喜欢将班级前 20 名的学生叫到办公室开会。那时因为谁也不知道自己具体是多少名次，能被叫到去办公室，那是无上光荣和自豪的事。

初二第一次考试，我没有被叫到名字，看着那些去办公室开会的同学得意洋洋地表情，我心里羡慕极了，就盼着有一天我也能被老师叫到，成为这二十分之一。我很想问老师我考了多少名，可一来担心老师不会说，二来又没这个胆量和勇气。

没想到，井上老师却主动找到我，在校园里那棵盛开着大串大串紫色小花的紫藤树下跟我谈心，说我考了第 21 名，要我保密，谁也不要告诉。我心里很吃惊，以前初一的时候，班主任排名我从来没进过前 30 名，这次我却考了 21 名，实在让我既吃惊又激动。我掰着指头算来算去，21 距离 20 还差一个名次！就差一个名次！这个第 21 名让我看到了无限的希望，更激发了我勤奋学习的巨大动力。

我发誓，一定要进入前 20 名。那次谈话之后，我变了，变得更加勤奋努力，在学校我认真学习，回到家就着煤油灯如饥似渴地学习，我父母看了脸上露出了笑容。每当我学习的时候，父母都会悄悄走出去，干活也不敢出大声，以保持家里的安静。

转眼迎来了初二期上学期末考试，我依然没有进入前 20 名，而有些平时学习在 25 名左右的同学这次进去了四五个。这让我很是羡慕和着急，心里隐隐有些难过。井上老师再次找到我，还是在那棵紫藤树下，他轻轻拍着我的肩膀，悄悄告诉我，你这次考试是 21 名，真可惜，只要再努力那么一点点，就是前 20 名了。

又是一个 21 名？天啊，这么巧？还是差一个名次，连我自己都替自己惋惜。那一刻，我牙齿咬得嘎嘣嘎嘣响，再次立下誓言：无论如何，下次一定要进入前 20 名。我始终觉得，在我的前面有一轮红艳艳的太阳，正一点一点地往上升。我仿佛伸手就能触摸得到那轮太阳。我想象着那轮太阳升起时的壮观。于是，我更加勤奋学习，而且主动找老师请教每一学科的学习方法。

我的努力没有白费，初二下学期期中考试，我和其他同学一起被井上老师叫到办公室开会。天啊，我也进入了前 20 名！这让我顿时增添了无限的力量和自豪。

从此，我始终不忘自己是前 20 名，一如既往地保持着以前的学习劲头，一直持续到初三中考结束。出乎所有人的意料，全班 64 名同学五个考了中专，而我居然就是这五个人中之一。要知道，那时候能考上中专比现在考入重点大学要难得多。当大红的喜报张贴在学校门口，我不敢看，我甚至不相信自己会进入前 5 名。那一天，我一个人跑到那棵紫藤树下，痛痛快快地哭了一场。走在村里，左邻右舍，一个个夸赞不已：看看人家这孩子，真有出息！父亲在村里腰杆第一次挺直了。拿到录取通知书的那天晚上，喝酒从不超过两茶碗的父亲，第一次喝了足足三大碗，醉得一塌糊涂，睡着觉嘴里还不停地含含糊糊地唠叨：我高兴，高兴……

上中专前夕，我去井上老师家里拜访。在他的书房里，我无意中发现了一摞成绩单，原来每次考试后井上老师也是排名次的。我仔细寻找着自己的名字，却吃定地看到这样几个数据：初二期中考试，刘建班里名次第35名，期末考试刘建29名，初三上学期期中考试刘建21名……11名……原来，在我初三上学期期末考试之前我从没进入班级前20名！

我难以想象，如果我知道自己付出那么多心血，却迟迟进入不了前20名那带给我的将会是什么。那一刻，我顿时明白了井上老师的良苦用心，泪水禁不止潸然而下。在晶莹的泪光中，我清楚地看到，井上老师的背影是那么魁梧，那么高大，……

幸福的傻瓜

离上课铃响还有三分钟，赵老师早早来到初二（5）班教室等候上课。赵老师是这个班的班主任，提前几分钟候课是他多年养成的习惯。

赵老师站在教室门口，将目光在每一个学生的脸上一一扫过。学生们都在专注地看书、预习，赵老师满意地笑了笑，将头轻轻一侧，抬手正了正那副金边眼镜。突然，赵老师的笑容凝固了，眉头凝成了一个大疙瘩，小山一样高。顺着赵老师的目光望去，只见墙上那副写着"做儒雅学生、创魅力课堂"的泡沫文化牌上已是千疮百孔，布满了密密麻麻的小洞。显然是人为所致。

赵老师脸色铁青。明天下午教育局领导将来学校参观班级文化建设，校长明天上午要逐个教室检查。

咚咚咚，赵老师三步并作两步走上讲台，脸一沉，说："谁干的？请站起来！"台下55双眼睛你看着我我看着你。教室里鸦雀无声。"说，谁干的?！"赵老师的声音明显加重了几分，眼睛像探照灯一样，在每一个学生的脸上扫过。"再说最后一遍，谁——干——的——！"仍然无人回答。

赵老师脸上的肌肉跳起来。上课铃响了。赵老师停止排查，说："我想给这位同学一个主动认错的机会。晚上我等着，是谁干的只要主动打电话告诉我，下不为例，就既往不咎……上课！"

赵老师是半路上接手的这个班，前一任班主任就因为学生太难管中途辞职了，万般无奈，老校长让送毕业班的赵老师当了班主任。

吃过晚饭，赵老师拿了一本书看，可眼睛却时不时看一眼一旁的手机。七点过去、八点了……八点半的时候，手机突然响了，来了！赵老师笑了，一把抓过手机："喂，你好！哪位？啊，是老同学，你好你好……好的好的……我还有事，改日再聊！"

刚放下手机又响了，来了，这次肯定是那个捣蛋鬼！是潘综英？李涛？还是……赵老师一把抓起手机，"喂，你好！哪位？大哥，是你啊，什么事？没什么要紧事？那我还有事，改日再聊。"

赵老师手拿着书，半天一个字也看不下去，眼睛始终不离手机。十点过去、十一点过去……手机再没响过。赵老师书房里的灯一直亮到天亮。

上午第一节课，赵老师满脸笑容地走进教室。也许是经历了昨天的事，教室里出奇的静。"同学们，你们看看，今天的我和昨天有什么不同？"赵老师微笑着，目光在每一个同学的脸上拂过。

"老师您刚洗了头！"

"您穿了一件新衬衣！"

"老师，您……"

"没别的了？"赵老师看着大家，正了正眼镜，比如……正说着，一个学生抢着说："老师，您今天笑了！"

"对，这才是今天的我与昨天最大的不同。可你们知道我为什么这么高兴？

您升职称了？"

"不对！"

"您提拔了？"

"不对！"

"您发财了？"哈哈哈，教室里顿时一阵哄堂大笑。

"更不对！"

"还有谁猜？猜不出来吧，因为昨天晚上我接到了两个电话，想知道这两个电话的内容吗？"——说到这儿，赵老师故意停顿下来。"这可不是一般的电话，是两个同学打来的，他们俩在电话里承认了由于好玩弄坏文化牌的事……他们敢于承认错误，说明他们还有一颗向上的心……同学们，让我们为他们的诚实鼓掌！"说着，赵老师带头鼓起掌来。

"同学们，在这里，我只想告诉大家，二（5）班是你的，也是我的，是我们大家的！"教室里响起一阵热烈的掌声。

看着眼前一张张洋溢着青春的笑脸，赵老师在心里笑了：你们这些傻孩子，根本没人给老师打电话主动承认。

中午，赵老师早早去了办公室。吴明明、赵小梦、李涛……几个学生敲

门进来，要求当公物监督员。赵老师微笑着点点头，轻轻拍了拍他们的肩膀。

令赵老师没想到的是，第二天又有几个学生要求当公物管理员。一天之内，班里所有的学生都主动要求当公物管理员。这让赵老师十分欣慰。

此后，故意毁坏公物的现象再没发生，二（5）班成为全校公物爱护模范班级。那个重换的文化牌和新的一样。

转眼就要毕业了。在毕业典礼举行的前一天中午，几个学生的一番话让赵老师恍然大悟。那次文化牌事件后，学生们之所以纷纷主动要求当公物管理员，是因为班长王芳无意中到办公室，看到了自己在工作日记本上写下的那段话，并且知道了老师自掏腰包重新买了一个文化牌。

原来，所有人都明白我撒了谎，只有我一个人被这些孩子蒙在鼓里。我才是真正的傻瓜，不过我愿意当这样的傻瓜，幸福的傻瓜。赵老师自言自语着，满脸开成了一朵花。

用我的身体烘干你的衣服

　　这是周一上午的第一堂课。男孩坐在座位上，一手托着腮，一手捏着笔杆，眼睛痴痴地望着窗外。顺着男孩的目光，可以看到窗台前那棵树。

　　这是一棵矮小的桃树，几个枝丫正努力向四周伸展着。时序已经是初春，应当是万物勃发的季节，可眼前这棵桃树枝上依然光秃秃的，没有半点生命的迹象。

　　男孩知道，是那场突如其来的倒春寒将桃树刚要鼓出的芽孢又逼了回去。要是在平时，男孩一想起倒春寒，一定会恶狠狠地骂一句：可恶！可此时此刻，男孩的目光呆滞，讲台上老师讲什么，男孩丝毫也没听进去，甚至连那只衔着泥巴，轻轻从窗前划过的燕子都没看见。男孩的心早就飞走了，飞到了几十里外的家中。

　　就在昨天，男孩又和父亲赌气了。这是第几次怄气了，男孩自己也想不清了。只记得昨天下午快走的时候，自己的校服还是湿漉漉的。这让自己怎么参加周一的升旗。男孩知道，周一升旗不穿校服按校规规定要扣班级月考核分的。男孩不想因为自己的缘故影响了班集体。在男孩的心里，这个班集体既是他学习的场所，更是他的家。他觉得这个家比几十里外的那个家要温暖得多。

　　看着父亲拿着那件湿漉漉的校服束手无策的样子，男孩心里更加来气。其实男孩生气有更深的原因。本来家里为母亲治病拉下了一大笔钱，没想到母亲死后不久，父亲又娶了一个女人进了门，那女人居然还带着一个流鼻涕的小女孩。这还不算，自从那个小女孩进了家，只要有一点好吃的父亲都给了那小女孩。这让男孩十分不舒服。男孩暗地里和父亲闹起了矛盾，总是莫名其妙的发火。

　　男孩多么希望父亲能够和自己大吵一顿，或者狠狠地揍他一耳光，可每次男孩发火的时候，父亲总是一言不发，甚至没有任何感情表示。这让男孩

子心底里瞧不起父亲，甚至于憎恨父亲，憎恨母亲，是母亲把自己生在了这样一个贫困的家庭，让自己有了这样一个窝囊父亲。他多想和母亲倾诉一下自己肚子里的苦水，可母亲却匆匆离去，再也听不到儿子的声音。

眼看返校时间到了，那件湿漉漉的校服始终没有办法弄干。男孩气愤极了，抓起校服，狠狠地扔在了地上，又重重地踢了一脚。然后抓起那包干粮，噙着泪水，冲出了家门……

就在今天早晨，男孩因为升旗没穿校服被监督员扣了分，班主任找了他，可他不想告诉自己的烦恼，只说了句"忘了"。为此，男孩挨了班主任一顿最严厉的批评。

此刻，男孩坐在教室里，心乱如麻，早没了听课的心思。现在，他只想流泪，只想倾诉，只想爆发。

男孩就这么胡思乱想着，恍恍惚惚中又下课了。他一个人呆呆地坐在座位上想着心事。班主任进来了，让他出去一趟，外边有人找。男孩走出教室，一看是她来了，手里拿着自己的校服。

反正校服是湿的，也不能穿！男孩心里想着，扭头就走。她上前拦住了他，把校服递给他。男孩只好接过来，下意识地试了试，校服居然是干的！这让他吃了一惊。他以为自己的感觉出差错了，又摸了一下，这才相信校服的确是干的。

男孩愕然了。

女人看着男孩的脸，叹了口气，说："知道吗？昨天本来我想给你用火烘干，可家里正巧一点干柴也没有了，咱家又没有洗衣机甩干。是你父亲昨晚一夜没睡，把校服穿在身上用体温焐干的！他现在正感冒了躺在家里呢……"

男孩一听，呆住了。蓦地，男孩想起了父亲多年前就患有严重风湿病。霎时，男孩的泪水如决堤的江水滚滚而出。突然，男孩声嘶力竭的发出一声喊："爹……"

这时，一只衔着泥巴的燕子悄悄地从男孩的头顶上掠过，眨眼间便消失得无影无踪，天空中一切又恢复了平静，好像什么也不曾发生。

指 印

儿子从学校回来了。儿子回到家一声不吭，他不知道跟爹说什么，说自己厌学了，逃学回来了？不能。此时，爹整蹲在锅台跟前吧嗒吧嗒的抽旱烟，那烟味怪呛人的，真不知道爹怎么抽得下去。儿子憎恶地看了看爹。

儿子上高三，是爹的唯一希望，自从儿子的娘10多年前病故后，爹又当爹又当娘，忙里忙外，含辛茹苦，就指望儿子能考上大学，将来能自己挣碗饭吃。自己死了也就瞑目了。

爹知道，现在课程多，又难学，竞争那么厉害，儿子在学校也实在不容易。但自己一个庄户孙，又没别的本事，儿子不好好学怎么行？那不跟自己一样下庄户地、吃一辈子大力，还有什么出息？这些当儿子的知道吗？儿子从小没了娘疼爱，他不想再让儿子背负那么沉重的负担。

眼看转过年就要高考了，儿子厌学回来，怎么办？他忘不了小孩他娘临咽气前对他的嘱托："再穷再累，也要供孩子上学，将来考大学。"

爹一声不吭，目光在屋里转来转去。转着转着，目光落在了那口乌黑的书箱子上。爹的眼前一亮，径直走过去，打开那口已经好多年没开过的箱子，拿出一本本书。爹的眼前好像一下子回到了18年前，回到自己上高中的时候。那时他是班里学习最勤奋的学生，每一本书的封面和封底都留下了深深的指印。成绩优秀，是老师眼里考大学的苗子。但就在考大学前夕，父母双双病故，撇下他和两个弟弟。没办法，他回了家，把书一锁，认认真真地当起了农民。他发誓，一辈子再也不碰那些书。可是今天他要打开箱子，他拿出那些发着霉味的书。他觉得对不起那些书，对不起当年的苦苦挽留的那些老师。眼泪像蚯蚓一样在脸上爬着。

他用衣袖擦了擦脸，拿着自己用过的那本指印最深的书，一声不吭，默默地放到儿子的跟前。

儿子很吃惊，茫然地看着爹，等着爹的训斥。可是爹一声不吭，默默地走出院子。

儿子捧着那本书，翻来覆去地看着，他感到很奇怪，这只是爹用过的一本课本，除了书脸书背分别有一个深深的印子之外，没什么特别的地方，爹是在告诉自己什么？他搞不懂。

儿子翻来覆去地看着那本书，摩挲着那两个指印，看着看着，儿子仿佛看到爹当年挑灯夜读的身影，想到爹因为家庭的缘故没有考大学的无奈，想到娘死时的嘱咐。儿子的眼睛湿润了。

儿子拿上那本书，当天就返回了学校。

第二年，儿子以全班第一的成绩考上了一所著名高校，成了小村第一个大学生。

爹发现，在儿子用过的那些书上，每一本都留下了两个深深的指印。他能想象得出儿子这半年多是怎么过来的。爹流泪了。

儿子上大学要走了，爹把儿子送到车站，就在儿子要上车的那一刻，一声不吭的爹从怀里掏出自己的那本指印最深的课本交给儿子。儿子接过，将书放在胸前，转身登上了远去的火车。

一年后，儿子接到爹病重的消息，连夜赶回家。爹大瞪着眼，已经说不出一句话。儿子听说，爹不说话已经四五天了，迟迟不肯咽气。儿子知道，爹是在等自己，儿子含着热泪，从胸前掏出爹的那本课本，还有自己上大学用过的课本。爹看清了，儿子的每一本书上都和他的那本课本一样，留下了两个深深的指印。爹的嘴咧了咧，慢慢地闭上了眼，那神情好像睡着了一样。

身旁，只有儿子无声的哭泣……

眼　睛

他越来越讨厌那双小眼睛，更确切地说是憎恶。

那是他父亲的眼睛。

可他以前不是这样。

那时他还没上初中。那双眼睛似乎也没现在这么小。他很喜欢很喜欢这双薄眼皮的小眼睛。

他从小没有母亲，但他并不缺少温暖，一双温暖的小眼睛从不离他左右。

那个夏日的午后，蝉儿在院子里的梧桐树上叫得欢。他拿一根小树枝，在树下串那些紫色的喇叭状的梧桐花。父亲拉一把藤椅，坐在梧桐树下，小眼睛眯缝着眼，好像睡着了。他蹑手蹑脚地靠近父亲，拿串好的梧桐花戳父亲的鼻子尖。戳一下躲开，戳一下躲开。再戳，父亲手一伸，便把他轻而易举地捉住了。他很奇怪，那双小眼睛明明闭着，睡着了，怎么一抓这么准？父亲眯缝着眼说："傻小子，别忘了，这是你父亲的眼睛，你小子想干什么都在这双眼睛里装着呢。"他从那时起，觉得父亲的小眼睛太厉害太神奇了。

那时他身体瘦小，同学们都叫他麻秆。他三天两头感冒。父亲半夜三更背他、用自行车驮着他去镇上打针拿药成了家常便饭。

他吃饭挑食，不爱吃的一口也不吃，父亲无可奈何，只好由着他。父亲常眯着小眼睛看着他，说："什么时候才能胖起来壮起来？"

他那时也多次问父亲："我妈妈呢？她漂亮吗？她到哪去了？为什么不来看我？"

父亲总是眯着眼说："她可漂亮了，是天底下最漂亮的女人。"父亲说着话的时候，那神情仿佛母亲就站在眼前。于是，他常想象着母亲的模样，一定是瓜子脸、白脸皮，比小学里最好看的那个女老师还好看。

他不喜欢体育课，课上总是偷懒耍滑。父亲知道后瞪着小眼睛，很夸张

地扬起巴掌作势打他，可他早唰溜一下泥鳅一样地溜了。

虽然没有母亲，可他却从父亲那里得到了双倍的爱。在同学的眼里，他是世上最幸福的孩子。

可自从上了初中那天起，一切都变了，变得让他觉得以前的一切仿佛是一场梦。

父亲成了他的体育教师兼班主任。他原想父亲会像小学时候那样宠爱自己。他吃不惯食堂里的饭菜，可父亲却坚持要他吃。

不吃？不行！父亲小眼睛一瞪，圆溜溜的。他从那时开始讨厌那双小眼睛。

更让他不解的是，每次上体育课，别的学生做十个俯卧冲，父亲偏要他做 15 个、20 个；别的学生做仰卧起坐一次做 15 个满分，他 20 个才算及格。动作不规范推倒重来！每当他要滑偷懒，父亲那双小眼睛会发出鹰一样的目光紧紧地盯上他，让他根本无处躲藏。他觉得父亲这是故意折磨他，心里越发来气。

他原本孱弱的身体在父亲小眼睛地注视下，一天天强壮起来，没有谁再叫他麻秆了。

但这丝毫没有减轻他对那双小眼睛的憎恨，是这双小眼睛让他吃了很多苦。他不明白，为什么那双小眼睛里再也找不到一丝的温柔和慈爱？

初三上学期，他开始偷偷上网吧。一半是想跟父亲作对，表示他对严厉小眼睛的抗议。一次两次……没想到，他很快迷恋上了网吧，不能自拔。

他第一次看到父亲的小眼睛铜铃似瞪着他是在网吧的门口。那次他泡在网吧里整整一夜。父亲几次高高举起巴掌，但最后都在一声叹息中又放下。父亲的样子让他有些得意，甚至有些幸灾乐祸。

那天晚自习，父亲前脚刚离开教室，他后脚紧跟着溜了出去，直奔不远处那个网吧。他满脑子都是游戏。横穿马路的时候，一辆轿车飞奔过来，他吓呆了，就在这时有人在背后猛推了一把……

醒来的时候，已经是一星期之后。他这才知道，自己的一只眼睛看不见了。

他没有看到父亲。身旁只有父亲的好友镇医院的李伯伯。

从李伯伯的嘴里得知，他的一只眼睛受伤了，两天前刚做了角膜移植术。

他想起车祸发生的一刹那，要不是被人推了一把自己肯定没命了。他很

感激那个推了他一把的那个人以及捐给眼角膜的人。

他很想父亲就在身边，带他去感谢那两个好心人。

他一再追问父亲哪去了。李伯伯沉默半天才告诉他，你父亲昨天刚出差了，临走前让他来照顾自己。他不再言语，心里全被对父亲的不满和憎恶填满了。

一个月后，他出院了，却还没有看到父亲。

他现在懒得想那双小眼睛。一辈子都不愿想。

他央求李伯伯尽快找到那两个救他命和眼睛的人，向他们表示感谢，就是一辈子做牛做马也行。

李伯伯眼圈红了。不要找了，那两个救你的人是你父亲。

他这才知道，是父亲在危难关头推了他一把，自己却身受重伤，就在他醒来的前一天，父亲做完眼角膜移植给手术后去世了。

他不是你的亲生父亲。那年冬天，你父亲在马路上捡到你，当时你已经气息奄奄。你父亲为你输了1000毫升的鲜血才救活了你……他把你抱回了家……为你单身了一辈子。

你太瘦弱了，上初中后，是我劝你父亲不要太溺爱你……

李伯伯还在说着，他早已泪流满面，泣不成声。

如今，他已经长大成人。这一辈子他都不会孤独，因为始终有一双小眼睛在默默地注视着他，温暖着他。

挑　水

高三那年，鬼使神差的我突然产生了浓重的厌学情绪，满心思就想着回家跟父亲一起种地，无心学习，上课除了睡大觉，就是做小动作。学习成绩因此一落千丈，名列全班倒数第一，座位也被排到了教室的最后头，成了被人遗忘的角落。照此下去，别说考大学，就是连高中毕业证也别想拿到。

那时的心情沮丧到了极点，母亲不知怎么得知了我的学习情况，回家拿干粮对我絮絮叨叨个不停："小四呀，咱全家就指望你呀，可得好好念书，考上大学全家都光荣，考不上回家干活滋味可不是好受的"奇怪的是，一向爱说话的父亲一语不发。我以为父亲对我彻底失望了，心里更加灰心沮丧。

那年的夏天正逢百年不遇的严重干旱，玉米刚脚脖子高就被旱蔫了，苹果花被旱得雪花一样簌簌地落下。一个星期天，我回家拿干粮。父亲没有像往常那样让我在家好好温习功课，却交给我一担水桶，只说了一句："走，挑水浇玉米去"。玉米地在数里外的半山腰的梯田里。由于太旱，玉米苗全被旱卷了叶子，像垂死的病人，有气无力地低垂着头。

水汪在山脚下，离玉米地足足三里路。我和父亲一人一担水，父亲在前我在后地走着。开始我很高兴，心里想挑水不就是挑水吗，这有什么难的，比起学习来容易多了。一担水足足五六十斤重，头几担水没觉得怎么累，七八担之后受不了了，肩膀压得又红又肿，火辣辣的痛。几次想喊父亲一块歇歇，看到父亲没有要歇的意思我也就不好意思停下来。几次想撂挑子，但每次都咬着牙挺着。这样挑着挑着，一股无名火居然呼呼地冒上来。心里怨恨父亲太狠心，让我干这么重的体力活，也不知道让我歇歇。挑了整整一下午，总算浇了一少半地。

晚上回家，累的饭也吃不下，躺在炕上，肩膀像有火在燃烧，腰酸腿痛，哼哼唧唧，身子都不敢翻，大半夜没睡着觉。心里一个劲地怨恨父亲。

第二天一大早，父亲就起床了，喊我起来一块浇玉米。我躺在炕上还在哼哼，心里那个气呀甭提有多大。眼看就要发作，但终究没有喊出来。我挑起水桶，话也不说，故意狠劲摇晃着水桶，"吱咯咯吱"地在前面走着，发泄着自己的不满和怨恨。我咬着牙数着一担两担……，还剩四畦子、三畦子……就这样累了一天，剩下的半块地总算浇完了。我已经累的骨头都散了架了，肩膀肿得拳头高。晚上，疼痛折磨的我一宿没睡。更令我生气的是父亲自始至终没有安慰我一句话。我的心里怨恨到了极点。

第三天一大早，我背上干粮，腔也没跟父亲打，气呼呼地回了学校。在学校的宿舍的木床上，我一边哼哼着，一边回想着这次劳动的情景，心里还是对父亲充满了怨气。这次劳动，不仅让我体验到了农活的艰辛和不易，同时也让我悟出一个道理，这就是无论干啥事，只要咬住目标，咬紧牙关，坚持到底就能成功，就像挑水浇玉米，水一担担地挑，玉米一棵棵地浇，总有浇完的时候。这样一想，我对自己的学习再次充满了信心，并发誓一定要迎头赶上。于是我一改过去的邋遢，学习空前勤奋，成了全班最刻苦的人。功夫不负有心人，半年后，我的成绩跃居全班前列，座位也被调到了前三排。

高三结束，我以较好的成绩考上了一所师范院校，成了全村屈指可数的一名大学生。全家人自然都非常高兴。哥哥嫂嫂多次打趣说多亏了父亲的"劳动教育"，但我心里仍然对父亲的那次"劳动教育"耿耿于怀，以至很长一段时间看见那担水桶心里就憎恨。

多年后，父亲去世了，有一次我跟母亲说起那次挑水浇玉米的事情，说父亲太狠心，也不让我歇歇，一口气挑了那么担多水，并且水桶和父亲的一样大小。母亲听了，叹了口气说："小四呀，你一直误会你爹了。那几个晚上，你爹听着你在炕上哼哼唧唧，整宿整宿都没合眼，饭都吃不下。还有，那担水桶外表看和你爹的那担一样大，其实，你的那担比你爹的那担皮轻了不下十斤……"

我听了，心头一震，一下子明白了父亲的苦衷，鼻子一酸，眼泪簌簌地流下来了……我在心里喊，父亲，我的好父亲……

身后有双手

他从小没了父亲，母亲改嫁，他被丢给农村的奶奶抚养。他性格怪异，没有一个朋友，独来独往，影子一样。

他又是高一（1）班数一数二的刺头。逃课、打骂同学、顶撞辱骂老师、故意毁坏班级公物……学生所能做的坏事都曾在他身上发生过。班主任王老师在他身上花费的心血仿佛扔进大海里的一颗小石子，听不到任何响声，更没有一点波纹。

那天，他课上吹口哨，老师刚批评了他几句，他公然口出污言秽语，辱骂老师。这还不算，课间他不知从哪来弄来一个安全套，装满水后捉弄女生，气得女生号啕大哭，家长找到学校。此事被校长得知，鉴于他一贯恶劣表现，学校对他作出勒令退学的决定。

那张勒令退学决定后面，附着厚厚一摞调查材料，他看到班主任和十几个学生的签名。他当场撕掉了那张勒令退学通知书，狠狠地掷在王老师办公室门口，恨恨地走出学校大门。

从此，他整天在学校附近流浪。学校地处城关，那几条大街是周围几十里内最繁华热闹的场所。他无所事事，东游西逛，过着饥一顿饱一顿的日子。他顽固地认为，这一切都是王老师造成的。要是王老师不上报，学校怎么得知又怎会给自己这里厉害的处分？！

有几次在大街上碰到王老师，他眼睛里红得喷火。

那天，他乞讨了一天也没讨到什么好吃的，肚子饿得猫爪挠心。这时，一个小男孩跑过来，说："大哥哥，你一定饿了吧，这两个馒头给你。"小男孩说着，把馒头塞到他手里。是两个雪白的大馒头。他狼吞虎咽地吃起来。当咽下最后一口馒头，他这才想起应该谢谢那个给他馒头吃的小男孩，却早已不见了踪影。今天运气真好，有人白送给两个馒头吃。他摸着圆滚滚的肚

子，自言自语道。

有一天，他一言不合，和街上的几个小混混发生口角，最后演变成打斗，他被打得浑身是血，小混混跑了，自己躺在大街上动弹不得，叫天天不应，喊地地不灵。他再次升腾起对王老师的怨恨。这时，120来了把他送到了医院。几天后到了该出院的时候，他正为没钱付住院费发愁，医生告诉他有人替他付了钱。他心里顿生感激，发誓将来发达了一定要报答这位恩人。同时，他也暗暗庆幸自己真幸运。

还有一次……诸如此类的幸运事在他身上发生了多少次他也记不清了。他有时也很纳闷，每次在自己最需要人帮助的时候，怎么那么巧，都会有人来帮他。他隐约觉得自己背后仿佛有一双手，一双温暖有力的手在默默地拉他扶持着。每次这么想过之后他都摇摇头。他认为，这一定是个幻觉。

一年后，他过腻了这种无聊透顶的生活，心里隐隐有些后悔。

这天，他茫然地在路上走着，忽然发现一个鼓鼓囊囊的钱包，从前边一个男子的胳膊下掉下来。他跑上去，捡起，打开，是厚厚一摞百元大钞，他犹豫片刻，接着拔腿追上去将钱还给他。男子很感激，请他到饭店吃了一顿。饭桌上，他得知，男子姓王，是一家企业的总经理。很自然地，他到了男子的公司上班。不久，他学会了开车，成了王总的专职司机。他对王总心存感激。认为自己很幸运。他觉得，这是命运之神的手在扶持他。

他跪倒在地，对着苍天顶礼膜拜，感谢上苍的眷顾。

他发现，王总是个孝心很重的人，每隔几天就回家看望老人成了他雷打不动的习惯。奇怪的是，每次王总都坚持自己开车回家，从不用别人。

大约是一年后的一天，王总接了个电话，打着打着，王总哽咽起来，眼泪哗哗流下来。总经理家里一定发生了什么事。他断定。

我父亲不在了，快，送我回老家。总经理第一次让他送他回家。

看到总经理父亲遗像的那一刻，他呆住了：在那个四周绣着百花的黑色镜框里，他分明看到一张熟悉的脸，那张他憎恨过很多次的脸。原来，王总的父亲就是自己当年的班主任王老师。

此刻，镜框里的王老师满头白发，满脸皱纹，正慈祥地看着他，仿佛有很多话要对他说。

他突然有一种见到父亲的感觉。他想哭，却又咬着牙忍住了。因为是王老师让自己走出校门，让自己吃尽了苦头……

自己无论如何不能跟仇人的儿子共事。

王总上班后的第一天，他找到王总，提出辞职要求。王总没有竭力挽留，只是平静地讲了一个故事给他听——

多年前，有个老师教过一个经常惹事的学生，被学校勒令退学……为了争取这个学生上完高中的机会，他曾跟领导争吵过，拒绝在勒令退学书上签字。当这个学生流浪街头饿得头昏眼花，是这个老师买了两个馒头让一个孩子送给他。当他被小混混打得在大街上爬，又是这个老师拨打了120并支付了医疗费……

王总还在说着，他早已泪流满面。

他哽咽着，问道，王总，让我进您的企业上班也是王老师安排的？

王总点点头说："这是我和父亲打的一个赌。关于你的情况我早就知道，并且认定你已经到了不可救药的地方。可我父亲却不这么认为。他提出让你到我的工厂上班。我不同意。父亲跟我打赌，这是父亲平生第一次跟人打赌，父亲说只要你还有善良积极的一面，我就收留你进我的企业工作。于是我故意设计了那个掉钱包的事情。当时我父亲就在一旁一家门面瞅着……"

难怪我总觉得自己那么幸运，总觉得身后有一双手在扶持我，拉着我，原来是王老师的一双手！他哽咽着，此时，他心里的恨顷刻间土崩瓦解。他分明清晰地看到，身后有一双手，一双瘦削而有力的手，在默默地扶持着他，那双手是那么温暖，那么坚实有力……

棉 衣

　　文是旮旯村田寡妇的遗腹子。文的父亲在母亲进门的三个月后死于一场大病。母亲田氏谢绝了邻居劝她改嫁的好意，含辛茹苦一把屎一把尿将文拉扯大。母亲不想让文当一个村里大多数孩子那样的睁眼瞎，于是省吃俭用，拼命劳作，把他送进了校门。为这，田氏没少招来村民的白眼和讽语："哼，穷山沟里还能飞出金凤凰？一个寡妇能培养出个大学生？真是癞蛤蟆想吃天鹅肉。"但田氏不信这个邪。

　　文自小聪明好学，从小学到中学，每次考试文都出类拔萃，回回都是第一。16岁那年，文考取了省城一所高等学府。文是旮旯村有史以来出的第一个"秀才"，用村里的教书先生的话说，文创造了那个小山村的一个神话，以致文拿到录取通知书的时候，村里很多人争着把证书看了又看，眼睛擦了又擦。

　　文是一个志向高远的人。当左邻右舍纷纷向他母亲贺喜的时候，文的心里早已对未来有了新的规划，文要出人头地，文要过城里人那样富裕的生活。文有了这些想法的时候，他自己也很吃惊，但无论如何他要将它变成现实。

　　文是穿着上高中的那身单衣离开山村的，他不想让母亲为他花更多的钱买新衣服。文离开村子的那天早晨天天有些冷，文在送他的人群里看见母亲穿着那件穿了几十年的蓝色的单衣，那双男人一样满是茧子的老手朝他扬了又扬挥了又挥。文发誓一定要有出息，将来让娘过上好日子。

　　到了大学的文发现，他的同学都是来自城市，他们的衣着很时髦、新潮。文是个敏感要强的人，"一枝独秀"的处境使使文多少有些尴尬。

　　天冷了，同学们都陆续换上了羽绒服、保暖内衣。文还穿着从村里离开时的那身单衣。文多想母亲能给他寄一件和同学们一样的棉衣。他日夜企盼

着。终于，他收到了家里寄来的一个大包裹。他没有急于打开，他轻轻地摸着那厚厚的软软的包裹，猜想着那里面一定是一件他想要的时兴棉衣，至少也是刚买的仿毛棉衣，他继而想象着穿上新棉衣时该有多么温暖。他慢慢地，一层层地打开包裹。在打开最后一层的时候，他呆住了：一件粗糙的手工缝制的蓝棉衣赫然躺在那里！文一看就明白这是母亲做的。文的心里"嘎磴"一声，一下子凉到了极点。他眼前浮现出穿上这样一件棉衣时同学们看外星人般夸张的表情，浮现出他正暗恋的女孩那鄙视的眼神，想到……"真土，丢人现眼！"文腾地站起来，一把将包裹塞在了床底下，又用力往里踢了两踢。

第二天，文的邻居打来电话，告诉他母亲病故，让他火速回家料理丧事。文当天便匆匆赶回家，只见母亲脸上盖着黄表纸，穿着单衣直挺挺地躺在炕上。文号啕大哭。哭罢，这才想起该给母亲穿上送老的棉衣。文找遍了所有的地方也没有找到母亲一直不舍得穿的那件出嫁时的棉衣。文很纳闷，邻居王大婶含泪告诉他，半年前母亲就得了绝症，文走后，母亲日夜想念，不想病情日益加重。但母亲怕文分心念不好书，怎么也不让邻居打电话告诉文，母亲担心天冷儿子挨冻，又没钱买棉衣，就将自己出嫁的棉袄改做了一件棉衣给你。大婶告诉他，母亲临走的时候还念叨着那件棉衣不知道合不合你的心意，要是不合身就让我帮着再给改改……大婶断断续续地说着，文蓦地想起那件被他塞在床下的棉衣，扶床痛哭不已。

几天后，文所在的那所高等学府里，一位穿着乡下人穿的那种蓝棉袄的男生，挺着胸，匆忙进出在学校的教室、图书室，自信地穿行在同学们中间。他就是文。

四年后，文回到了家乡，回到了那个远离文明的旯旮村，办起了村里有史以来第一所小学，文任教师兼校长……

爱吃煎饼果子的女生

每到中午放学的时候，芙蓉中学校门外便吆吆喝喝响起了叫卖声：煎饼果子——刚出锅的煎饼果子！油饼——香喷喷的油饼！火烧——焦黄焦黄的火烧……那香喷喷、热腾腾的吃食很是诱人，着实吸引了不少馋嘴的学生。

看着拥挤在摊点前争相买东西吃的学生，学生科何茅山主任眉头皱成了一个大疙瘩。最近几周，教育局接连开了几次安全专题会，要求各学校严禁学生外出买饭，以确保学生饮食安全。芙蓉中学被教育局通报过一次，令校长很没颜面。

此时何主任眼前再次浮现出前几次学校、工商所、派出所治理整顿校园周边秩序、清理校门口乱摆摊现象的情形。可那些小摊贩们有意跟这帮人玩起了躲猫猫。特别是那个卖煎饼果子的中年妇女泼辣得很，个头不高，嗓门大得鼓破天。每次前头清理的刚走，后头摊子又摆上了。为此几次差点跟何主任起了冲突。何主任也曾暗地里对她调查过，以前她也曾有个温馨的家，有个可爱的女儿，可自从女儿出车祸死了，丈夫得了重病两年前去世了，这个女人的天便塌了。屋漏偏逢连阴雨，一年前又下了岗，里里外外欠下一屁股债，日子过得非常辛苦，只好靠摆地摊过活。

哎，一个女人家，孤身一人，真不容易！何主任不止一次替她叹气。

隔着窗子，何主任看到那个妇女正和一个女生谈笑着，女生手里拿着一个煎饼果子，吃得津津有味。何主任认得这个女生，她叫杜姗姗，是初二年级的，经常偷偷出去买吃的，何主任不知道批评过她多少次。几次问她原因，她总是低着头不说话，问急了就直掉眼泪，弄得何主任无计可施。

要杜绝外出买饭现象，必须抓几个典型严肃处理，以儆效尤。何主任决定从屡教不改的杜姗姗入手。何主任把杜姗姗叫道办公室，进行了最后一次长谈。

"杜姗姗，说说你老是外出买饭的理由，好吧？"

杜姗姗低头不语。

"杜姗姗，是不是学校伙房的饭菜不好吃？你们可以提意见，让伙房改进。到底什么原因？"

杜姗姗仍然低头不语，左脚跟来回蹭着右脚跟。

"老师……您……一定要知道？"杜姗姗终于开口了。

"必须知道。"

"因为……因为她长得像……像我妈妈。"

"什么？像你妈妈？你妈妈是干什么的？"

"我妈妈……她……她早死了。"杜姗姗说着，眼圈红了，泪水就要流出来。

何主任心里咯噔一下。不知道该说什么好。

"那位大姨对我特别好，经常给我煎饼果子吃，不要钱。我最爱吃煎饼果子，我妈妈在的时候经常给我做这个吃。"杜姗姗说到这里，眼泪再也止不住了，小溪一样流下来。

"不要钱？为什么？难道你们是亲戚？"

"不是。"杜姗姗摇摇头。我也不知道。

"天下居然有这等天上掉馅饼的事？不可能，这里面一定有文章。"何主任心里嘀咕着，琢磨着。

"好了，你回去吧。"

杜姗姗走出门，又折回来，鞠了一躬，恳求说，"老师，还让我出去买煎饼果子好吗？"

"这个……你先回去。"

杜姗姗再次鞠了一躬，转身跑向教室。

看着杜姗姗离去的瘦小的背影，何主任心里五味杂陈。

第二天，何主任找到那位卖煎饼果子的中年妇女。从她嘴里，何主任心里的谜团终于解开了：原来，那位妇女死去的女儿长得和杜姗姗几乎一模一样。在她的心目中，杜姗姗就是自己失而复得的女儿。每天能看到她，让她吃一个自己亲手做的煎饼果子是自己心里最大的安慰。这也是她执意要在这里摆摊的原因。

当天何主任找到校长。

几天后，校门口的那个煎饼果子摊点不见了，不久其他几个摊点也不见了，吆喝声消失得无影无踪。

杜姗姗也再也不出去买吃的了。

不久，学校伙房里多了一位中年妇女。不少老师和学生都认得，她就是校门口卖煎饼果子的妇女。人们还发现，那位妇女经常和杜姗姗在一起，有说有笑。吃饭的时候，杜姗姗手里隔三差五地拿着油汪汪热腾腾的煎饼果子，吃得那么有滋有味。那位妇女眼睛笑眯眯地看着杜姗姗，那情形亲如母女。

何主任远远地看着，眼睛湿湿的。

城里的馒头

我很小的时候，父亲就对我说："我的娘，城里那馒头，啧啧，要不是我亲眼看到，我真不敢相信那个大啊……"父亲说着，一双粗大的手叉开，像捧着一个很大很大的球。父亲一边比划着，布满胡楂子的阔嘴巴不自觉地大张着，拳头大的喉结上下滑动。那一刻，我清楚地听到咕咚一声吞咽的声响。

我仰着头，看着父亲比划，尽我 30 多年前所拥有的最大想象力。

"有咱家过年蒸的饽饽那么大？"父亲不屑地摇摇头。

"有喝糊糊的陶瓷白碗那么大？"父亲还是摇头。

"有盛玉米糊糊的瓦盆那么大？"父亲依旧摇摇头。

"有洗脸的塑料盆那么大？"父亲仍然摇摇头。

我想得头皮发疼也想象不出到底有多大。我很不争气地听到我的嗓子眼里也发出父亲那样咕咚咕咚的声响。

"你小子，想不想亲眼去看看？"

"想啊，不光亲眼看看，还要吃个饱吃个够。我知道，我的这个想法无异于做梦。那时只有逢年过节，或者碰着娶亲的时候，才能偶尔吃一回馒头。"

"那你小子就好好念书，念到你北京的二叔那样，就能看到那么大的馒头了。"父亲说这话的时候，眼睛里亮光闪闪。

"真的念到二叔那样，就能见到您说的那么大的馒头了？"我歪着头，看着父亲，问道。

"那还要说，你爷老子啥时候骗过你？"父亲脸一沉，一副神圣不容置疑的样子。

于是我开始拼命读书，发誓一定都要读到城里去，去亲眼验证一下有没

有父亲说的那么大的馒头。

我很小的时候，父亲就对我说，我的娘，城里的馒头那个白啊，啧啧，要不是我亲眼看到，我真不敢相信天下还有那么白的馒头……

我仰着头，看着父亲的脸，说："比雪还白？"

"雪？嘻！父亲说这话时那神情，雪算什么？"

"比我二姐的脸皮还白？"我不服地看着父亲的脸说。我二姐当时十八九岁，脸皮白嫩得全村的姑娘没人能比。

"嗯，差不多，不过还不如城里的馒头白。"

"哪里有那么白的？我有些怀疑，显然我的怀疑的口吻惹怒了父亲。那还要说，你爷老子啥时候骗过你？"父亲脸一沉，一副神圣不容置疑的样子。

我赶紧闭紧嘴巴。

"你小子，想不想亲眼去看看？"

"想啊，不光亲眼看看，还要吃个饱吃个够。"

"那你小子就好好念书，念到你北京城里的二叔那样，就能看到那么大的馒头了。"父亲说这话的时候，眼睛里闪着亮亮的光。

于是我就拼命地读书。

我很小的时候，父亲就对我说，我的娘，城里的馒头那个香啊，啧啧，要不是我亲口尝过，打死我也不会相信，这世上还有这么香甜的馒头……父亲说着，鼻息抽着，闭着眼睛，一副陶醉的样子。好久才睁开眼睛，那样子像吃了三斤猪头肉。那时过年一家人也吃不了二斤肉。

我仰着头，看着父亲的脸，说："那么香？比吃肉还香？"

"肉？嘻！"父亲说这话时那神情，言外之意，肉算什么。

"比我二姐脸上搽的粉子还香？"我不服地看着父亲的脸说。我二姐当时十八九岁，正是爱美的年龄，脸上总是涂抹雪花膏，从人前走过，小伙子都忍不住抽动鼻子，抽得空气丝丝响。

"嗯，差不多，不过还不如城里的馒头香。"

"哪里有那么香的？"我有些怀疑，显然我的怀疑的口吻惹怒了父亲。"那还要说，你爷老子啥时候骗过你？"父亲脸一沉，一副神圣不容置疑的样子。

我赶紧闭紧嘴巴。

"你小子，想不想饱饱地吃一顿？"

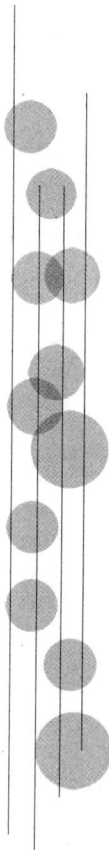

"想啊，最好吃个肚子朝天那才叫过瘾。"

"那你小子就好好念书，念到你北京城里的二叔那样，就能看到那么大的馒头了。"父亲说这话的时候，眼睛里泛着亮亮的光。

于是我就拼命地读书。

脑子里装满了那么大那么白那么香的馒头，我成了全校学习最勤奋的学生，成绩在全校数一数二。

你小子，有口福，以后一定能吃上又大又白又香的城里的馒头。

父亲果然言中了。后来，我考上了省城的一所大学，再后来，我又考上了京城的一所大学的研究生。再后来，我在京城遇到了一位美丽的姑娘，我们结了婚，生了一个可爱的女儿。

可我怎么也没想到，正当我准备接父亲到京城的时候，父亲却病倒了。

弥留之际，父亲突然睁开眼，看着我，艰难地说："娃儿，爹没骗你吧？城里的馒头大不？香不？甜不？……你……你小子有口福，吃到了。"

我重重地点点头，强忍住泪水，哽咽着说："爹没骗我，爹哪会骗我呢？城里的馒头真的那个大那个白那个香，比咱家过年、娶媳妇蒸的馒头都大都白都香……"

我嘴唇哆嗦着，说着，突然父亲头一歪，去了，一抹笑容凝固在了沟壑纵横的老脸上。

现在，我时常对我女儿讲起她爷爷的故事，讲起他爷爷常挂在嘴边的那句：我的娘，啧啧，城里的馒头那个大啊白啊香啊……好几次，我十八岁的女儿插话说，我爷爷好福气，能吃到那么大那么白那么香的馒头，我可一次也没吃到耶……

那一刻，我真想对女儿说，孩子，其实你爷爷一辈子没离开过大山，就连最近的县城也没去过，更没见过吃过什么城里的馒头。而我那年到城里读书，第一次见到的城里的馒头只有小孩子的拳头般大小，味道也没有老家手工馒头那么甜……

儿子的18条短信

"祝你平安噢祝你平安……"男人正忙着给老伴做饭,手机彩铃响了。谁打电话?正忙着呢,先等等。男人心里想着,手里不停地忙活着。

手机还在一个劲地响着,很固执,很急促。

"孩子他爸,接电话,先接电话。饭迟一会儿饿不死。咳咳咳——再不接,给我,我接!"女人躺在床上,脸色蜡黄,喘息着催促道。

"好好好,我这就接这就接还不行吗。"男人一边在衣服上擦手,一边从桌子上抓起手机。

"请问,您是王小虎的爸爸吗?我们南江大学办公室……您儿子……"手机那头声音沉重,男人心里咯噔一下,身子一颤。

"您快说,我儿子他……他他怎么啦?"男人脸色蜡黄,结结巴巴地大声催促着,一边说一边快步走到院子里。

干吗那么大声?谁来的电话?孩子他爸!女人显然没听清楚男人说了啥,在屋子里喊。

没啥,打错了。男人在院子里喊。

您儿子……

男人拿手机的手剧烈颤抖,身子一震,眼前一黑,几乎跌倒在地。

喂喂——手机那边传来一阵接一阵着急的声音。男人全然没有听到,木木地站在那里。

也不知过了多久,男人踉跄着走进屋,被门槛一绊,差点扑倒。

多大岁数了,走路也不留神,冒冒失失的。"刚才谁打电话?"

"没……没啥,那人打错了。"

"打错了怎么打这么长时间?"

"反正不花咱的手机费,让他打。"男人故作幽默地说。

"记住，以后陌生人的电话不要接。儿子今天应该来短信了。这孩子，从小就懂事……"

"是啊，多好的孩子。"男人接了一句，脚下又是一踉跄。

"孩子他爸，你今天怎么啦？老磕跌？走路小心点。"女人嗔怪说。

"老了老了。"

"你眼睛怎么红红的？兔子眼似的。"

"刚才在院子里吹进沙子了。没事，揉揉就好了。我做饭去了。"这顿饭男人比往常多用了两倍的时间还多。

一天过去，儿子没来短信。这孩子一向发短信很准时，这两天也不知怎么啦。女人急了。快打电话问问。男人说再等等，也许儿子有事给耽误了。

第二天，女人刚吃过早饭，嘀嘀嘀，男人的手机响了。

快看看，儿子来短信了！

是儿子的短信。男人欣喜地说。眼里闪过一丝不易察觉的悲苦，瞬间消失了。

拿来我先看看。女人抢过手机看起来。

亲爱的爸爸妈妈，我在这儿一切都很好，只是这两天作业太多，没有准时给二老发短信……天冷了，妈妈身体不好，要多穿衣服……

这是第二次来信。真是个乖儿子。女人看着，瘦削的脸上掩饰不住的幸福。

一连几天，女人都沉浸在短信的愉悦中。

转眼一周过去，又到了儿子发短信的时候。

女人早早吃了饭，静静地坐着，眼睛一刻不离桌子上的那个手机。男人知道，女人是在等儿子的短信。

嘀嘀嘀。手机响了。孩子他爸，儿子来短信了，快拿来我看看。女人喘息着，催促着。

女人拿着手机，瞪大眼看着，一会儿又将手机举到靠近阳光的地方看。看什么也看不清楚。女人的眼睛有些模糊，疾病已经影响到她的视力。

唉！女人重重叹了口气。

你念给我听吧。这是第三次来信。

亲爱的爸爸妈妈，二老好。我在这儿很好。刚刚考试了，我考了全班第一，得了200元奖金。我跟同学买了最爱吃的糖葫芦，等回家也跟您二老捎两串……男人一字一句地念着，念着念着，眼圈红了。

死老头子，多大年纪了，听着儿子买糖葫芦就这么激动，没出息，以后儿子大学毕业了，有了工作，我还要让儿子带我们去吃肯什么鸡？对了肯德基，咱也开开洋荤……女人很高兴喋喋不休地说着，好像儿子正领着他们去吃肯德基。

一连几天，女人都沉浸在短信的愉悦中。

……

日子一天天过去。儿子的短信一周一次从不间断。可女人的病情一天比一天严重。现在已经到病入膏肓了，女人整天迷迷糊糊睡着。偶尔清醒过来，反复说着一句话："短信——短信！"

我这就念。这是第18次短信。男人说。

男人红着眼睛，开始念短信：

亲爱的爸爸妈妈，我在这儿一切都很好。再过一个月就要放假了，一放假我就回来。我又发奖学金了，买了进口的药，先寄过去，妈妈记住要按时吃药……爸爸妈妈，告诉您们一个好消息，怪不好意思的，我谈恋爱了，女孩非常漂亮的，大眼睛，马尾辫……

女人迷迷糊糊睡着听着，听着睡着，一脸的幸福。

念着念着，女人头一歪，永远地睡着了。

男人继续念着，大颗大颗的泪珠从眼窝里滚落下来。

女人永远也不知道了，儿子在第一次短信发出的第二天，为抢救一名落水儿童不幸献出了年轻的生命……那18条短信是男人和儿子的同学约好的。短信的内容也是男人事前编好了的……

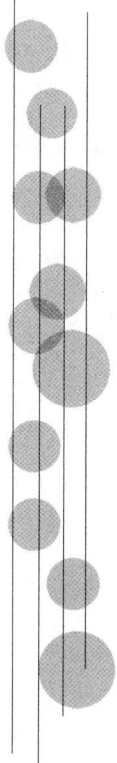

收藏笑脸的老王

"小赵，你知道吗？你们单位的老王刚刚获得了笑脸收藏吉尼斯世界纪录证书，真了不起啊！"那天我正在大街上走着，迎面碰到老刘，一见面他就迫不及待地说。

"真的吗？我怎么不知道？"

"昨天刚来的证书，我亲眼看见的。虽然老刘绰号"小广播"，可他跟老王是邻居，他的话还是有几分相信。为了证明真假，我决定亲自到老王家去看看。"

老王是我的同事，虽然共事时间不长，但对他的事我多少了解一些。老王老伴 20 年前死了，一直没有再找，独自一人生活。我和他虽然在一个单位，可彼此并没有多少深交，只是普通同事而已，平时只听说他收藏笑脸，没想到居然有这么大的成就。但促使我要到老王家看看的真正原因是我也爱好收藏，我的收藏爱好很杂，什么火柴盒、酒盖、杯具……等等五花八门，只是爱好而已，没有形成规模。

老王住在城北一个偏僻的居民区，六楼楼顶，那楼和周围簇新的楼群相比，显得破破烂烂的，看来很有些年岁了。我敲响了老王的门。老王出来了，光溜溜的脑门上布满了大颗的汗珠，亮闪闪的。老王对我的到来显得很惊讶。愣了片刻，这才醒悟过来，做了个请的姿势，我紧跟着老王走进屋子。

一进门，我顿时呆住了。老王家屋子的所有墙壁上、桌子上，全部挂满了一张张孩子的笑脸，有中国的也有外国的，有汉族的也有少数民族的，有男孩的也有女孩的，有咯咯大笑的，也有抿嘴笑的……一个个笑得那么开心快乐，笑脸仿佛要从图片中跑出来，在屋子里乱跑。我被感染了，差点笑出声来。

老王一边倒水一边领着小赵参观，当起了解说员。

"了不起，了不起!" 我一边参观一边由衷地赞叹。

老王说，我家里共有各种笑脸 20 万张，是我用 30 多年时间从报刊杂志、街头巷尾、挨家挨户、天南海北、书信电话、一张一张收集的。你看，这张笑脸收集时间最早，是我 31 年前收藏的，这孩子的脸长得多漂亮，笑得多好看。老王说这话的时候眼睛里放射出慈爱的光，仿佛那小孩是自己的孩子。那是一张男孩子的黑白照片，小男孩长着一张很普通的脸，只是笑得很甜。看得出小孩子拍照的那一刻很开心很幸福。你看这一张……这一张是……

老王很热心地一一讲解着。看得出，老王心里很高兴。要不是我提出要看看吉尼斯世界纪录证书老王也许会一直解说下去。

没什么可显摆的。老王谦虚地说着，不自觉地又拍了一下光脑门。在我的一再坚持下，老王终于从卧室里拿出一本烫金的证书，那是货真价实的吉尼斯世界纪录证书。

老王，您是怎么喜欢上收藏笑脸的? 这可是个冷门选题，你 30 多年前就开始收藏，眼光够超前的! 我一边欣赏一边问道。

奇怪的是，老王没有回答，并且眼睛一下子红了，嘴唇哆嗦着。看到老王一反常态的奇怪表情，我知道他肯定心里有事，不好再追问下去。老王集笑脸的缘由成了我心中的一个谜团。

有一天，我在办公室里听同事闲谈老王获得吉尼斯世界纪录的事。突然想起那个谜团，便凑过去打听。话刚出口，大家你看着我我看着你，谁也不肯说话。办公室里的气氛凝固了。"你们都怎么啦? 让人煮了? 到底发生了什么事? 这么严肃，还保密?" 我打趣说，试图打破眼前的尴尬场面。可始终没有谁接话。我狼狈极了。

晚上，我打电话给办公室最要好的同事老马。

"老马说，你呀小赵，哪把壶不漏不提哪把……" 老马在电话那头说。原来，老王结婚后迟迟没生孩子，三年后总算生了个儿子，老王宝贝得不得了，那孩子长得的确可爱，特别爱笑，老王曾多次把小孩抱到单位，同事都喜欢逗他，一逗这孩子就咯咯笑。可是有一天，老王和妻子一家三口逛街，一辆自行车撞了过来，妻子一不小心儿子从手里脱落了，正巧跌在了路沿石上……老王悲痛欲绝，妻子疯疯癫癫，几年后失足掉进了河里……

刚开始，老王天天拿着儿子的照片呆呆地看，一看就是几个小时。为了排解对儿子的思念，老王开始收集孩子的笑脸，开始只收集和儿子一般大的

男孩的笑脸，后来也收集女娃娃的笑脸，从半岁、一岁、两岁、三岁……各年龄段的小孩子的笑脸都有。渐渐地就养成了收藏笑脸的癖，这么多年，他的大部分工资都花在了搜集这些笑脸图片上……有个外国佬曾出 150 万元收购老王的这些笑脸图片，被老王断然拒绝了……

老马还在电话那头说着，我被老王这收藏背后的故事所深深感动。在老王的心里这些照片每一张都是他的心肝，是人间至宝啊。不知什么时候，我的泪水早已潸然而下……

母亲的香椿芽

我爱吃香椿，尤其爱吃头茬香椿芽，从小就爱。这一口，随极了我的母亲。

在我家那幢百年老宅子里，紧靠院西墙，曾经有两棵一口粗的大树，一棵是梧桐树，另一棵便是香椿树。

打我记事起，这两棵树就有。记得那时，每到三四月份，春暖花开时节，香椿发芽了，母亲便要我爬上树采摘香椿芽。我负责爬树，母亲在下边托着我的屁股。等采摘下来，母亲会马上将香椿芽洗净，切碎，做香喷喷的黄绿相间的香椿芽炒鸡蛋。那是我最爱吃的一盘菜。我爱吃，母亲更爱吃。一盘菜，我和母亲两人包了。好在我父亲、弟弟不太喜欢吃，否则有热闹看了。

这棵香椿树在我上初中的时候，大哥翻修房子碍事便把它和那棵梧桐树一块砍伐了。母亲为了保住这棵香椿树，和父亲吵了一架。后来还是砍了，被做成了檩棒和门框。

那些日子，母亲的脾气很坏。经常望着空荡荡的西墙根发呆。我知道，母亲又想那棵香椿树了。当然这一切父亲早就看在眼里。

第二年开春，父亲就从集市上买来三棵香椿苗，栽在了西墙根。当年，虽然只收获了几片香椿芽，可我和母亲依然很高兴，因为毕竟又吃到了香椿炒鸡蛋，尽管只是一小盘，而且鸡蛋明显多于香椿芽。

一年过去，香椿树长高了，水涨船高，我家饭桌上那盘香椿芽明显多于前一年。

第三年，香椿长势更加茂盛，香椿芽嫩红一片，可把我和母亲乐坏了。那年春天，我和母亲每人扒了一大盘香椿芽炒鸡蛋。

之后，我出村上初中、高中，每年春天，香椿发芽的时候，母亲都会将第一茬香椿采了，给我做香椿芽炒鸡蛋。那时母亲常用罐头瓶装了，送饭的

时候当咸菜送来，一开瓶，那个香啊，是任何文字都难以描述的。只一顿饭工夫，一大罐头瓶菜就被同宿舍的同学一扫而空。

考上大学后，每年春季开学，香椿还没发芽，我便没有机会吃到鲜香椿芽炒鸡蛋了。母亲便把头茬香椿晒干，打包给我邮来。如此，虽在异乡，我便也能年年吃到头茬香椿芽了。

大学毕业后我在家乡的一个小城找到了工作，又借贷买了房子成了家。我住的房子在小区的四楼，出门进门到处都是水泥做成的方格房和硬邦邦的水泥地，终年闻不到多少泥土的气息。

那些年，每年开春，母亲都会坐两个小时的客车，挎一个大包袱，给我送头茬香椿芽。每次母亲来，我都要炒一盘鸡蛋炒香椿芽招待老人家。可母亲却一口不吃，说在家早吃过了，吃腻了。一大盘蛋炒香椿眨眼就被我席卷一空。打着饱嗝，嗝着香椿气，那个惬意劲真是无意难以名状，通体是那么舒坦。那一刻，我觉得蛋炒香椿是人世间最美的美味。

这样过了10年，母亲年年给我送香椿芽，我也就年年都能吃到美味的蛋炒香椿芽。看着母亲每年来回奔波为我送香椿，我心里就隐隐的痛。我常想，要是哪一天有一小块土地，最好在院子里有一块小菜园，我一定栽上几棵香椿树，这样既能年年吃到鲜嫩的香椿芽，又能免除了母亲送香椿的劳累之苦。

怎么也没想到，这个愿望居然在两年前实现了。因为单位变动，我卖掉了原来的房子，换了更大的。新房子在一楼，且有一个不大不小的院子。我便在院子的东墙根栽了一棵胳膊粗的香椿树。

第二年开春，香椿树便长满了鲜嫩的香椿芽。采香椿芽那天，母亲和姐姐来了，送来了一大包袱香椿芽。这是我搬到新家后母亲第一次到我家来。当母亲看到院子里那棵长势蓬勃、枝繁叶茂的香椿树，看到树上鲜嫩的新芽，母亲的眼里闪过一丝惊讶和失落。

吃饭的时候，桌上摆了满满一盘的鸡蛋炒香椿芽。我劝母亲多吃点。这一次，出乎我的意料，破天荒没听到那句母亲说了十多年的"我吃过了"。她很高兴地夹了一筷子，美美地吃起来，一筷子又一筷子，居然吃了小半盘。这让我很惊讶。

母亲要回去了，老人家又看了一眼院子东墙下那棵香椿树。我对母亲说，娘，我这儿有香椿树了，以后就别送了。

母亲眼里再次闪过一丝失落。

几天后，姐姐打电话过来，说娘这几天心情很不好。姐姐说，你不知道，娘这十几年从没舍得吃过一根头茬香椿芽。给你送香椿是她这些年最高兴的事，也是她在邻居们面前唯一可以显摆一下的事了……

姐姐还在电话那头说着，我的眼睛早已模糊了……

放下电话，我提起斧子走向院子里的那棵香椿树……

过了几天，我专门回了趟老家告诉母亲，那棵香椿树砍了，因为邻居对这种气味过敏，有意见。

母亲听了脸上闪过一丝欣喜，说砍了就砍了，砍了好。

我故意说："树砍了，只怕吃不到香椿了。"

"你忘了，咱家不是有吗？明年我还给送香椿芽。"母亲说话的声音明显高了许多。

我偷偷笑了。刹那间，我清晰地闻到了一股熟悉的浓烈扑鼻的香椿芽香……

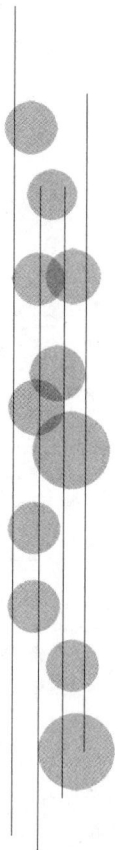

我就是你的轮椅

从旮旯小学出来，残联的小王心情一直很不平静。眼前总是晃动着一双眼睛。那是一双清澈、明亮、可爱的大眼睛，只是那双眼睛里不时闪过一丝迷茫和渴望。

小王是下乡搞残疾人状况普查时发现的这双眼睛。

那是一个山村女孩的眼睛。女孩今年十二岁，上小学五年级。两年前，女孩的爸爸带着她和妈妈骑摩托车去姥姥家，中途一场突如其来的车祸不仅夺走了爸妈，并且让女孩的一条腿永远地失去了。

仿佛一夜之间，女孩长大了。

女孩读书的学校离家有十几里山路。为了不给年迈的爷爷奶奶和贫寒的家庭再增加负担，女孩辍学了。

最初辍学的那段日子里，女孩常常一个人坐在家门口，眼睛死死盯着那条家门口前的那条路。路的那头连接着通往山外学校的路。在这条路上，不知曾留下了女孩多少欢声笑语。多少个黄昏、清晨，看着从那条路上走来走去的一个个蹦蹦跳跳的身影，女孩的眼泪哗哗流遍了整个一颗受伤的心。

爷爷咬牙卖掉了家里的两只羊给女孩买了一副拐杖。经不住爷爷奶奶哀求的目光，女孩复学了。女孩不要爷爷奶奶接送。十几里山路，女孩拄着拐杖，走一趟要两个多小时，胳膊窝都磨出了鲜血，要强的她咬紧牙关一声不吭坚持着。

靠着一副缠满绷带的破旧的拐杖，女孩坚持着上到小学五年级……

小王是在女孩的教室里亲眼看到了这一幕。那一刻，小王的心里又心疼又感动。看着女孩的那副拐杖，小王的脑子里忽然浮现出一部轮椅。

一个月前，市残联发来了 10 部轮椅。县残联按照先急后缓、先重后轻的原则，把其中 9 部分发到全县最需要的残疾人手中。剩下的一部是残联领导

有意留给小王的。不，是留给小王爱人的。

一年前，小王的爱人不幸出了车祸，失去了一条腿、一只手。小王花光了家里所有的积蓄，实在没有能力给爱人买轮椅，只好一拖再拖。每次残联来了轮椅指标，领导和同事都想优先给小王的爱人，可都被小王的一句"我是残联干部，轮椅应该给更困难的群众。"给拒绝了。

这次又来了10部轮椅，领导说什么也要给小王留一部，可小王高低不答应。没办法，那部轮椅至今还放在残联的库房里。

这回这部轮椅可以派上大用场了！小王的心里隐隐有些高兴和激动，不由得加快了脚步。

一回残联，小王就急切去找那部轮椅。领导笑着告诉她，这部轮椅早有主人了。小王心里一阵失落。

失望了吧？跟你开玩笑呢。这几天你一直出差在外，今天上午我们把轮椅给你爱人送去了。领导笑着说。

什么？给我老公了？你们——哎！小王一个谢字也没说急匆匆走了。看着小王小巧疲惫的背影，领导轻轻摇摇头，这个小王，性子就是倔！

一进门，爱人就兴冲冲朝小王喊："快来看看，我有轮椅了，这下出门方便了。"爱人说着，在狭小的屋子里来回转动着轮椅。看着爱人孩子似的笑容和"嗖嗖嗖"来回转动的车轮，小王心里说不出是什么滋味。只是那一刻，小王又一次想起那双眼睛。

"这轮椅……你看……"小王看着爱人的脸，欲言又止。

"今天你怎么啦？怪怪的。"爱人不解地问道。

小王张张嘴，又摇摇头，进了书房……

第二天，小王又下乡普查去了。一去就是四五天。这天小王满身疲惫地回到家，却见丈夫又挂上拐杖，那部轮椅不见了。

"轮椅呢？"

"卖了。"

"卖了?！你怎么能这样呢?！"小王生气了。

"生气可要变丑的。实话跟你说吧，轮椅我送人了。"

"送人了？送谁了？"小王急切地说。

"你不是天天惦记着那双眼睛吗？轮椅我送给那双眼睛了。"

"那双眼睛？你什么意思？"

"就是那个残疾女孩啊，你不是很想送她一部轮椅吗？"

"你送给她了？你是怎么知道她的？"

"此系天机，不可泄露。"丈夫神秘地说。

"老公你……小王激动地双手搂住爱人的脖子，啵，给了爱人一个亲吻。"

"老婆，从今天起你有女儿了。"

"胡说什么呢？哪来的女儿？嫌弃我了是吧？"小王的脸一沉。小王不能生育，两人一直没有孩子。这是小王最愧疚的一件事。

"那双大眼睛不就是你的女儿？不，是我们两人的女儿！"

"我们的女儿？"小王喃喃着，眼睛里泪花闪闪。

"我有女儿了，我有女儿了……"小王开心地喊着，笑着，泪水又一次哗哗流下来。

"从今天起，我就是你的轮椅。"看着爱人的脸，小王深情地说。

"你是我的轮椅？！不，应该说我们是女儿的轮椅。"

那还等什么，小王说着，拉起爱人的手，兴奋地说："走！"

"干什么去？"

"看我们的女儿呀。"

"好好好，听你的，看女儿去，看女儿去……"

看着妻子甜甜的笑，丈夫心里也笑了。只是他没告诉她，那晚上自己无意中看了妻子写下的那篇工作日记……

陪娘看海

明没出满月的时候爹就死了，娘拒绝了左邻右舍婶子大娘让她改嫁的劝告，一个人一把屎一把尿地拉扯着他。

明的村庄坐落在深山沟里，是个穷得连兔子都不肯停下拉屎的地方。一年四季，除了秋天地里稀稀拉拉地长着几棵红高粱和老玉米之外，几乎没什么庄稼。明和娘孤儿寡母的日子可想而知。

明小时候特别爱哭，一哭娘就抱着他在院子里、大街上走啊走啊，转啊转啊，直到他入睡为止。那时娘会一边走一边摇晃着明哼着自编的儿歌："孩来孩，快长大，长大了，陪陪娘，干什么，看大海。"明就问："娘啊娘，大海在哪？"，娘就说："山那边。"明再问："海大吗？"娘说："大着呢，比咱村南头的水库还大。"其实，娘也不知道大海到底在哪，有多大。

娘说看海的话并不是随口说的。在她还小的时候就听人家说过，海就在山的那边的那边，几百里地呢。海那么大，水那么蓝，蓝得怪吓人的。但娘听了不怕，娘就想去看海，走几天几夜都行，娘想亲眼看看海到底长的啥样子。但娘的家里穷，娘直到嫁人了也没见到海。

娘嫁给爹之后，确切地说是在生了明的第三天，娘曾偎着爹的肩膀对爹说过看海的话，爹刮了娘的鼻头一下，很爽快地答应了，说等攒够了钱，咱就带着明儿去看海。那时娘好高兴，可惜爹不久就在上山打柴时跌落山崖死了。娘哭得死去活来，差点也随了爹去了。

爹死后，娘又当娘又当爹，一门心思拉扯着明。盼白天盼黑夜，就盼着明儿快点长大，长大了好娘俩一起去看海。

渐渐的，明长大了，上小学了。那年明的学校组织学生看大海，全班只有明一个人没去，明知道，娘没钱买车票。明一个人在山里转悠了一整天。娘知道了，觉得对不起明，搂着明哭了整整半宿。明反倒安慰娘说："娘，

莫哭，等我长大了，能赚钱了，我带你去看海。"娘听了，眼泪雨水一样的流个不停。

数年后，明上完中学，考上了外省一所重点大学。娘拿出所有的积蓄，又东家借西家取，最后卖掉了门前娘和爹亲手栽下的那两棵两搂粗的白杨树，这才勉强凑足了明的学费。

明没用人去送，事实上也没有谁能去送他。明扛起铺盖，自己一个人上了火车。两天两夜之后，明到了目的地。一下火车，明看到眼前一片茫茫的水域，水是那么蓝，还有许多船只在水上荡来荡去。明知道，这就是大海了。那一刹那，明想起了娘，想起娘看海的那个心愿。明发誓，有一天，一定要让娘来看海。

明的大学同学来自四面八方，但像他这么穷的学生几乎找不出第二个。明为此很自卑。在大学求学的四年间，明不止一次想让娘一起来看海，可自己没有勇气，甚至每次回家，从来都没有跟娘提起过大学就在海边的事。他想等自己赚钱了，再陪娘来看海也不迟。

明以优异的成绩完成了大学学业，很顺利地在上大学的城里找到了工作，并不久结了婚。这期间，明不止一次想让娘来看海，可每次不是工作忙，就是这样那样的原因而落空，明觉得对不起娘，但总认为还有的是机会，下次吧，下次不晚。就这样过了一年又一年，娘始终没来看海。事实上，在明考上大学以后，娘再也一次没提出过看海。

又是几年过去了，娘老了，明决定下次回家一定让娘来看海。没想到，娘病了。明匆匆忙忙赶回老家，娘已经过世了。邻居大宝交给明一封信，那是娘临终前托阿宝代笔写下的。娘在信中说，儿呀，娘知道你上学的地方就靠海。娘知道出门在外的难处，娘不怪你，只要你安生过得好就行。我走了，到了那边，你爹会陪我去看海……明念着信，心如刀绞，趴在娘的遗体上痛哭不已。明悔啊，他恨自己为什么没有告诉娘自己就住在海的附近，为什么没有早一些提出让娘来看海，为什么……

明抱着娘的骨灰，跟跟跄跄，来到了海边。明跪在娘的骨灰前磕了七七四十九个响头，然后将骨灰一把一把地撒向大海……

起风了，几只海鸟从海面上匆匆飞过。明看到，娘正在海的那边挽着裤腿，手捧着浪花，朝着他微笑着。明的眼睛模糊了……

酒壶上的小金鱼

男人和女人相恋是在刚上高一的时候。

那时，男人和女人还是两个孩子。男孩女孩前后桌，男孩在前女孩在后。男孩家庭条件差，文具盒里经常缺这个少那个。男孩便动不动回头问女孩借这个用那个。借来借去，男孩便和女孩好上了。校园东边的小河边、西头的苹果园里，经常可以看到男孩女孩的并肩散步的身影。

男孩女孩好的结果是两人双双落榜。

落榜后的男孩回到了老家。女孩拒绝了父母让她复读的想法，后脚紧跟着男孩去了那个偏僻闭塞的小山村。

不久，在一个月亮星稀的晚上，在男孩家的那间破房子里，男孩把女孩变成了女人。

男人女人毕竟都是念过高中的人。两人求亲告友，东拼西凑，在村里开了个小卖部。男人负责种地、提货，女人在家照看小卖部。闲着没事，女人揽了些做塑料小金鱼、小熊、小鸟之类的小工艺品的活。女人的手很巧，那些工艺品小动物一个个栩栩如生，堪称一绝。

几年后，男人女人在城里开了一家超市。男人摇身一变成了超市经理，女人在家一心一意照料老人和孩子。

男人的应酬一天天增多。男人牵挂着女人，不管喝多少酒，也不管到夜里什么时候，男人都要回家。女人很感动。男人不回来，女人从不一个人睡。女人常常坐在沙发上，有心无心地看电视，耳朵却始终不离那扇门。门一响，男人就回来了。女人就孩子似的迎上去，钩住男人的脖子，送上一个热辣辣的亲吻。

男人接连晚回来是近些日子的事。女人理解男人，从不猜疑自己的男人。女人对男人有信心。

这天晚上，女人照例守在电视机前，心里却隐隐有些不安。至于为什么，女人说不出。女人眼睛看着电视，满脑子想的都是她和男人恋爱的那些情景。女人喜欢想这些。女人想这些的时候会不自觉地脸红。女人脸红的时候很好看。男人就喜欢女人脸红的样子。

"咚"一声响，大门开了，女人吓了一跳，赶紧起身迎男人。男人趔趔趄趄，满嘴酒气地进了屋。

"又喝醉了！"女人一边轻声责备着，一边给男人倒了一杯水。女人将杯子轻轻咣当了几个来回，用嘴嘘嘘吹了吹，这才轻轻送到男人的手里。

"喝点水"女人嘱咐着，眼睛始终没离开男人的脸。男人的脸很苍白。男人一喝多了酒脸色就发白。

男人咕咚咕咚，眨眼工夫，一杯水进了肚。男人又趔趄了一下，女人赶紧过去搀扶男人。女人的手不经意间触到男人上衣口袋里的一个硬物。

"这是什么？"女人问。

"哦，差点忘了"男人心里一慌，脸倏地红了，抖抖地从口袋里掏出一个鸭蛋形小酒壶递给女人。细细的脖颈上系着一个手工编织的红色小金鱼，金鱼的两眼鼓鼓的，活的一样。

"酒友送的"没等女人问男人先说了。

"好手艺，编这金鱼的人手一定很巧！"女人仔细翻看着那条栩栩如生的小金鱼，紧紧盯着金鱼的眼睛。看着看着，女人葡萄一样的眸子里突然闪过一丝说不清的神情。

"小心点，别弄坏了"男人紧张地看着女人的手，心扑扑直跳。男人显然很喜爱这个酒壶。

"老王离了，房子都判给了老婆，老王那个相好的也跑了，可苦了孩子……"女人把玩着小金鱼幽幽地说。

男人身子一颤，手心里全是汗。

女人靠近男人，在男人脖子后用力吹了一下，很细心地给男人整理了一下歪斜的领带。

"咋了？"男人紧张地问道。

"没什么，一根野草。"女人轻声说。

男人一低头，看到女人头上多了一缕白发，灯光下映得雪白雪白的。

男人心里一颤。酒完全醒了。

男人盯着女人看了很久很久，突然站起身，用力推开窗子，一扬手，将连着金鱼的酒壶远远地抛了出去，那条小金鱼在窗前划了一道优美的弧线后悄无声息地消失在黑夜里……

"这么漂亮的小金鱼怎么舍得扔了?"

"戒了"男人答非所问。

"戒了? 戒酒了?"

"对，戒了。全戒了"

"真的?"

"真的"

"一辈子?"

"一辈子!"男人说这话的时候眼睛里有东西一闪一闪的。

女人笑了。眼睛里也有亮亮的东西一闪一闪的。

男人不知道，在自己雪白的衬衣后领子上赫然印着两个半圆形的鲜红唇印。男人更不知道，这条塑料小金鱼是他前些日子外出期间，女人亲手编织送给闺中女友的生日礼物。那条金鱼身上藏着一个连女人的女友都不知道的小秘密——就在金鱼的眼睛里，女人亲手镶刻着女友的姓名和属相。

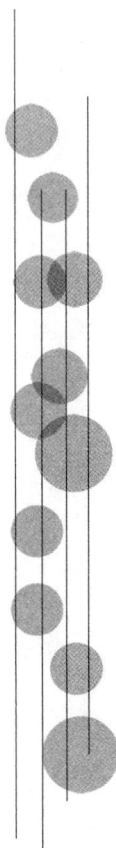

袜子，袜子

  大蒜从小就是个马大哈，做事总是丢三落四、颠三倒四的。大蒜兄弟三四个，小时候一个炕睡觉，早晨穿袜子，大蒜不是左脚穿了大哥的一只，就是右脚穿了二哥的一只，要不就是一只脚穿了自己的，另一只脚穿了别人的。为这事大蒜没少挨父母的训斥，可大蒜总也改不了。

  大蒜结婚时闹了一个笑话。洞房花烛之夜，新娘小葱把自己的红鞋红线袜子放在炕前根下，早晨起来却发现少了一只袜子，打天摸地怎么也不找另一只。小葱以为叫老鼠给拖走了，把老鼠洞都掏空了也没找到，没想到最后却在大蒜的脚上找到了，弄得小葱哭笑不得。

  接下来，大蒜穿错老婆的袜子的事还是隔三岔五地发生，弄得小葱没办法，只好把自己的鞋袜和大蒜的单独分开放。大蒜终于穿不错老婆的袜子了。可那时困难，每人至多有一双线袜子，尼龙袜子是绝大多数人连想都不敢想的事。大蒜虽然穿不错老婆的袜子，但又经常找不到自己的袜子，不是今天少了左脚的，就是哪天少了右脚的。弄得小葱没办法，只好给他手工缝一只顶差。

  那年，大蒜和小葱合计着在村里开了个小卖部，大蒜常去县城提货。大蒜穿袜子破得快，小葱只好给买下三四双不同颜色的袜子准备着。但另一个毛病又出来了，大蒜经常穿叉班袜子，常常左脚穿的是黑色的右脚却是灰色的，要不右脚穿的是白色的左脚却是蓝色的。

  那时乡村条件已经好转，穿尼龙袜子开始时兴。有一次，大蒜穿着叉班袜子去赴宴，不小心让人看见他穿着叉班线袜子，落了好一顿笑话，大蒜虽然觉得没面子，但仍旧喜欢穿线袜子，因为线的穿在脚上既暖脚又舒服。

  当然，大蒜也曾试着改掉自己这个颠三倒四的毛病，可几次都无功而返，穿错袜子的事情依然隔三岔五地发生。小葱为此伤透了脑筋，万般无奈，

只好给大葱买下厚厚几大摞颜色、式样、大小完全一样的线袜子放着。

大蒜开了几年小卖部手里攒下一部分资金，看到开厂子赚钱多，提出到县城办厂子，小葱舍不得村里的那个小卖部，自己留在家里继续开小卖部，这样大蒜一人进城办起了一家小规模的厂子。

大蒜在县城的生意一帆风顺，厂子由小到大，成为县城屈指可数的企业，大蒜也从开小卖部的摇身一变成了响当当的企业老板。这期间，大蒜一直是城里乡下地跑，和小葱过着牛郎织女的日子。为了保证大蒜天天穿着同一颜色的线袜子，每次回来小葱都给早早准备好七八双同样的线袜子让大蒜临走的时候带回去。

大蒜觉得线袜子不舒服是从招聘了一位女秘书两个月之后开始的。女秘书是个大学毕业生，年轻又漂亮，思想和她的穿戴一样很时尚很前卫。大蒜起初看不惯女秘书，但女秘书很能干，在接连陪他谈成几大笔生意之后，大蒜也就对女秘书另眼相看。

那天，女秘书第一次看到大蒜脚上穿着那些粗糙又劣质的线袜子，听了大蒜的关于袜子的那些故事时嘴巴张成了一个大大的 O 型。大蒜觉得女秘书夸张时的表情很好看，心里第一次为自己穿那样的线袜子感到难为情。当天，女秘书自掏腰包给大蒜买来了尼龙袜子。穿着女秘书给买的尼龙袜子大蒜觉得从没感受过的舒服，那一刻仿佛自己年轻了许多。之后，大蒜就天天穿女秘书给买的尼龙袜。只是每次回去看小葱的时候大蒜才换上线袜子。大蒜每次从乡下回来，后备车厢里总是放着厚厚一摞线袜子。可是，一到县城女秘书就将那些袜子垃圾一样扔到大蒜的床底下。对女秘书的这一举动大蒜总是睁一只眼闭一只眼。

大蒜提出跟小葱离婚是在一年之后。大蒜为此做好了充分的准备，不管小葱提出什么条件他都会答应。可出乎大蒜的意料，小葱什么条件也没提，只平静地给了大蒜一只结婚时的旧箱子，并要他保证，不到万不得已的时候不得打开。

大蒜不久就和女秘书结了婚。新妻子给大蒜买了很多很多更高档尼龙袜。大蒜穿着那些袜子觉得很美气，很有派头。

大蒜陶醉在新生活之中，早已忘却了床下的那只箱子。

天有不测风云，大蒜的公司货款被骗，公司面临破产，大蒜的秘书妻子卷走了公司所有财产跟一个小白脸逃之夭夭。大蒜一夜之间变成不名一文的

穷光蛋。彷徨无助的他也曾想到那个远在乡下开小卖部的小葱，可又没这个勇气。走投无路的大蒜决心以死了之。就在他失魂丧魄地爬上悬崖准备跳的时候，脑子里突然想起家里的那口箱子。好奇心阻止了他的这一举动。他决定看看那口箱子再死不迟。

大蒜踉踉跄跄返回家中，从床下拉出那只布满灰尘的箱子，打开一看，里面是厚厚一摞颜色、式样、大小都完全一样的线袜子。倏地，一股暖流袭上心头。霎时，大蒜泪流满面。

两根香蕉

她下定决心要找到他。

不为别的，就为了当年那两根香蕉。

这事说来有些话长，不过我尽量长话短说。

那是 30 年前的事了。

她那时 15 岁，在村子里上初一。他父亲从县城调到公社林业站，他和母亲插队到村里。于是，他来到她那个班，并且成为同桌。两人相处不错。这在那个男女生不说话课桌中间还要画上一道深杠杠的年代实属难得。

那天下午放学时，他偷偷将一团纸塞进她的书包。她隐约觉得纸里包裹着什么。她的心怦怦直跳。她惶惶地回到家，躲在小屋里打开，是两根金黄色细长的东西。纸包里有一张纸条：这是香蕉，给你的，很好吃，记住要剥皮吃。她小心翼翼地剥开一根，露出白白胖胖的瓤，她举到鼻子根，轻轻嗅了嗅，一股香甜的气息扑入鼻腔，直通五脏六腑。她轻轻咬了一小口，软乎乎，甜腻腻，滑溜溜，口感好极了。这是她第一次吃香蕉，之前只是听去过南方的邻居说起过。她不舍得自己吃。晚上吃饭的时候，把剩下的一根半分给了弟弟妹妹和父母亲。小弟弟吃完了，把手指头舔了又舔，仿佛那不是手指头，是一根香喷喷甜丝丝的香蕉。她从此记住了弟弟舔指头时的表情。她决心好好念书，将来有一天，一定要全家人吃个够。

第二天，她让母亲煮了两个鸡蛋给他，算是对他给香蕉的一种回馈。她说了自己和一家人第一次吃香蕉的那种快乐。他说："只要你喜欢吃香蕉，以后等我长大了，就摆摊卖香蕉，你到县城找我，我天天让你吃香蕉，一分钱也不要。""谁稀罕你的香蕉。"她的脸红了，说着，赶紧躲开。

初二下学期，父亲工作变动，他随父亲回到县城。

村子太贫穷了，她们一家搬到了几百里远的一个小镇投奔亲戚。从此她和他再也没见过一次。

她记住自己的誓言，发奋读书，当年考上了一所中专，三年后毕业当了一名小学老师。拿到第一个月的工资，她跑到城里，买了很多很多香蕉，直把弟弟妹妹撑得嗝气连天。她看了笑弯了腰。

那一刻，她再次想起第一次吃香蕉的情形。也不知道他这些年咋样了。她悠悠地叹息道。

之后，她结婚生子，日子过得单纯、幸福而快乐。

一晃三十多年过去了。很多事情都模糊了，可是，她总不由得想起很多年前的那两根香蕉，那两根让她发奋的香蕉。

那时她老伴因病走了。

她越发想念那两根香蕉。

她决定找到他，找到他，只有一个目的，向他说一声谢谢，谢谢你的香蕉。

她费尽周折，不知打听了多少人，终于找到他的家。见到的却只有他的头发凌乱苍老不堪痴痴呆呆双目失明的母亲。

邻居告诉她，他三年前走了，在街上出摊卖香蕉时被醉酒驾车的司机给撞死了。临死前留下一句话：让母亲替他继续守着摊子卖香蕉，摊子的名号也不要变。他走后，他母亲替他守着摊子，渐渐地，他母亲眼睛一天不如一天。直到去年眼睛瞎了，再也出不得摊子。人也变得痴痴呆呆，头脑时清醒时糊涂。可她始终记着到空摊子处坐着，一坐就是一整天，寸步不离。

她听了心里一沉，鼻子酸酸的，有东西要流出来。

邻居还告诉她，那年他从乡下转学回县城不久就辍学了，吵着嚷着摆摊卖香蕉，谁说也不听。家里人拗不过，就答应了。从此，他就待在那里一辈子摆摊卖香蕉，一辈子没结婚，听说他一直等着一个女人，他曾对她说过，让她到县城找他，他天天让她吃香蕉……如今他走了倒省事了，只可怜了这老太太，孤苦伶仃苦度日月……

她不忍再听，泪流满面，踉踉跄跄，跑着离开他的家。

其实，他邻居不知道，母亲也不知道，他曾经几次费劲心思，跑到她那里找她，每次都远远地看一眼后就回来。

还有，在他的那张破旧的书桌的第二个抽屉里，锁着几大本厚厚的日记本，上面记的全是她……

不久，他的家里住进一个女人，一个戴着眼镜的五十岁左右的女人。有人说，那女人像媳妇一样伺候他的母亲。也有人说，女人待他的母亲更像亲闺女一样。

每天，那女人从天明到天黑，陪着他母亲出摊卖香蕉。有时女人也会拿着一个翻破了的本子，认真地读着，不知有多少次，读着读着，女人泪流满面，泪水朦胧了那副老花镜。

春夏秋冬，

寒往暑来，

女人，

风雨无阻。

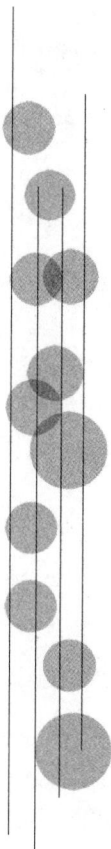

大瓢小瓢

女人比男人大三岁。第一次见面，男人一听女人比他大，扭头就走。男人的娘说：女大三，抱金砖。像咱这样的人家，有愿跟的就不错了。男人很孝顺，就听了娘的话，对女人点了点头。不久，女人嫁给了男人。

女人早就听人说，要抓住一个男人的心先抓住他的胃。男人从小爱吃米饭。女人就一天一顿米饭，每次只做两碗半。男人两碗，女人半碗。男人吃的大汗淋漓，女人却吃得很少。男人问女人："不爱吃米饭？"女人："不，啥饭都行，我饭轻。"

女人从娘家带来一大一小两只瓢。女人就用这两只瓢淘米。女人淘米的样子很好看。女人习惯左手拿大瓢，右手拿小瓢。先用大瓢去米袋里挖半碗米，然后拿乘着米的瓢去水缸里舀半瓢水，来回在瓢里咣当咣当，水在瓢里旋几个圈。然后，女人再从大瓢倒进小瓢，再来回咣当咣当，水在瓢里又旋几个圈，然后再从小瓢倒回大瓢……就这样，大瓢到小瓢，小瓢到大瓢，来来回回，次序从来不乱。如此这般，十几个来回下来，那些掺杂在米里的细沙便一粒不少地全留在大瓢底下了。不过，男人从没上眼看过。

女人做的米饭不仅没沙子，而且特别白，特别香。两碗热腾腾白灿灿的米饭往男人手里那么轻轻一放，男人便感到全世界的幸福和美味都在这一碗米饭里了。

男人吃饭从来没吃出一粒沙子。一次，男人听同事说老婆做的米饭净是沙子，牙都被快被硌下来了。男人就笑。男人不知道牙碜是什么。男人想，还有不会淘米的婆姨？

女人有一次病了，要男人自己淘米下锅。男人拿着瓢，倒来倒去，一粒沙子也没淘出来。女人叹了口气，起身淘米。男人站在一边第一次看女人淘米。女人从大瓢到小瓢，再从小瓢到大瓢，反反复复。男人觉得女人淘米的

动作很好看。男人问女人，干吗要反复那么多次？不嫌麻烦。女人笑笑，不答。

以后，女人再也没用男人下过一次厨，淘过一次米。

男人的日子在女人一碗碗香喷喷的米饭中度过。一转眼，20多年过去了。男人从公司的小职员提升到了部门经理。当了官的男人在家吃饭的时间越来越少，对他最钟情的米饭也似乎没有了多大热情，更没有再看女人淘米。

女人开始有些憔悴和疲惫。

可女人的米饭一天也不曾间断。两碗半，白灿灿、香喷喷，挑不出一粒沙子。

男人终于能在家吃顿饭了。女人这次没有像往常那样赶忙去淘米。女人提出自己想吃男人做的米饭。男人不乐意，也不屑做这种活。可女人不答应，坚持要男人自己淘米做饭。

"没有商量？"男人问女人。

"没有。"女人摇摇头。

男人只好笨拙地拿起了那两只颜色已经变暗了的瓢。男人拿着瓢，像女人那样，将米和水从大瓢倒到小瓢，再从小瓢倒到大瓢。倒来倒去，结果竟然和20年前自己第一次淘米一模一样，沙子一粒也没淘出来。20年了，男人的淘米手艺居然没有丝毫长进。男人气急，扔掉了手里的瓢，转身欲出门。女人拉着男人的手不放。男人很疑惑，女人今天这是怎么啦？男人懒得去问，只好耐着性子重新淘米。

饭总算做好了。男人端起饭碗就吃，只听"嘎巴"一声，男人顿时龇牙咧嘴，吐出那口米饭，用筷子巴拉着，居然找出三四粒细碎的沙子。

女人却大口大口吃的津津有味，虽然女人的嘴里不时发出"嘎巴嘎巴"的声响。

接下来的日子里，男人照旧很少回家吃饭。

女人的米饭照旧天天做着。白灿灿、香喷喷，没有一粒沙子。

女人越来越憔悴，脸色越来越差。

男人终于回家吃饭。这次，男人主动到厨房淘米。女人在一旁看着。

男人左手拿大瓢，右手拿小瓢。先用大瓢去米袋里挖半碗米，然后拿乘着米的瓢去水缸里舀半瓢水，来回在瓢里晃晃，水在瓢里旋几个圈。然后，女人再从大瓢倒进小瓢，再来回晃晃，水在瓢里又旋几个圈，然后再从小瓢

倒回大瓢……就这样,大瓢到小瓢,小瓢到大瓢,来来回回,次序从来不乱。如此这般,十几个来回下来,那些掺杂在米里的细沙便一粒不少地全留在大瓢底下了。女人奇怪,男人居然淘的很熟练,而且挑不出一粒沙子。

白灿灿、香喷喷的米饭端上了桌子。

男人端着碗怔怔地看着女人,几次欲言又止。男人脑子里全被另一张年轻女人的笑脸占据了。男人曾为了这张非常爱吃米饭的年轻的脸整整苦练了两个月淘米。

女人低着头,破天荒吃了满满一大碗米饭。

女人笑了。

放下碗,女人站起来收拾碗筷,却一下子扑倒在地。女人被送进了医院。女人气息微弱:你终于学会淘米了,我可以放心了。女人说完,脸上带着满意的笑容去了。

男人整理女人的遗物时发现一张女人的病历,男人一看呆住了:原来,几个月前女人就知道自己得了绝症,晚期,忌米饭。那个日期正是女人坚持要男人自己淘米做饭的日子。

霎时,两行热泪从男人的眼里奔涌而出。

男人走进厨房,找出那两只女人用了几十年的瓢,一手一只,不停地从大瓢倒小瓢,又从小瓢倒大瓢……

带你去看发河水

雅莉这孩子从小就有些特别，总喜欢下大雨的时候一个人跑到河边看发河水。在机关当科长的妈妈常这么说，说不上是担忧还是自豪。

说来也怪，当不少人看到黄龙裹挟着木头草堆小猪小猫发了疯似的怒吼着奔流而下，心里难免有些恐惧。雅莉却非但不觉得，反而心理上带来无比的愉悦。

这孩子天生就是喜水的命，和水有缘。妈妈说。

这话被妈妈说中了。雅莉的爱情故事就从那次发河水说起。

那时雅莉在小城的一家公司上班。夏末的时候，一场几十年不遇的大雨从天而降，铺天盖地地下了两天两夜。雅莉的雅兴又来了，一个人骑上自行车，冒雨跑到河西大桥看河水。

骑着骑着，车子突然掉了链子，雅莉费了半天事也没鼓捣好，四周又看不见修车铺，这可把她给急坏了。雨幕中，一个穿雨衣骑自行车的男子停下来，三下五除二，只片刻工夫修好了。男子擦拭额头上雨水的时候，雅莉看到的一张微笑着青春帅气的脸。一见钟情就在那一刻发生了。雅莉深深喜欢上了这张脸。

我走了，骑车注意点。小青年说着，骑上车子就走。

"哎——等等！"不知哪来的勇气，雅莉鬼使神差地喊着。

"还有什么事需要帮忙的？"小青年下了车子，站住。

"你……你能陪我到桥上看发河水吗？"雅莉红着脸，结结巴巴地说。

"看发河水？你还有这样的雅兴？巧了，我也喜欢看发河水，这不，正要去那边看水。"小青年热情地说。

"那……咱们一起看好了。"雅莉高兴地说。

两人在雨中推着车子，走到桥上。眼睛虽然看着浊浪滚滚的河水，可雅

莉的一颗心全放到了眼前这个陌生而又热情的大男孩身上。

他们互换了姓名。男孩叫鹏程，在城东一家修车铺修车。

"下次发河水我们再来看好吗？"

"好，再来。"

"一定？"

"一定。"

他们的故事由此铺陈开来。

接下来，每到下大雨的时候，雅莉总会跑到那个修车铺拉上鹏程去河西大桥看河水。河水汹涌澎湃，雅莉两人心里同样激情澎湃。

雅莉的妈妈知道了雅莉交往的男友是个修车匠，高低不答应。并赶紧给她安排了几次相亲，却都被雅莉以各种借口拒绝了。

翌年春，他们步入了婚姻的殿堂。虽然没有气派的婚礼，没有满棚的宾客，但雅莉却觉得自己很幸福。

有了爱情的滋润，鹏程的事业风生水起。先是将修车铺开成了一家修车店，尔后又开了几家连锁店。

雅莉在家当起了全职太太，做饭、带孩子、收拾家务。一切都显得那么平静而和谐。

"雅莉，发大水了，咱们一起去看发河水好吗？"

"河水有什么好看的？再说我们都什么年龄了，在家看电视好了。"

"真的不想去？"

"不去。"

一次、两次，这样的对话在发生了 N 次之后，渐渐地少了，听不到了。河西大桥上只有鹏程一个人站在那里望着滚滚浊流发呆。

变化却在悄然间进行。鹏程的应酬越来越多，回来吃饭的次数越来越少，晚上回家也越来越晚。雅莉从丈夫的身上的气息中隐约感觉到了什么。

几天前无意中从鹏程手机里看到那几条滚烫的短信，让雅莉的一颗心彻彻底底地沉到了河底下。她仿佛已经看到了那一刻的到来。泪水在心里哗哗流淌。

那一刻说来就来了。这天晚上，暴雨如注，鹏程很晚才一身酒气回来。

雅……莉，咱们分手吧，想要什么都可以，房子、车子、票子、店铺，都给你。鹏程结结巴巴地说着，眼睛紧张地看着雅莉，似乎在等待一场更大

暴风雨的到来。

片刻的沉默之后，雅莉说话了："我什么也不要，只要孩子。我还有最后一个请求，明天一早再陪我去看发河水好吗？"

鹏程万万想不到，雅莉却是如此的淡定。酒醒了一大半，一个人默默地回到自己的卧室，灯亮了整整一夜。

早晨，雅莉早早做好了早饭，虽然都是鹏程最爱吃的，有煎鸡蛋、有自己制作的小咸菜，可他什么滋味也没尝出来。

"咱们不开车，和以前一样骑车子去好吗？"雅莉说。

"不开车？好呀。"鹏程的话音里有诧异也有几分惊喜。

雅莉走进车棚，去搬那辆很久已经没骑过的自行车，她没想到，车身早被擦拭得一尘不染。她哪里知道，每当下大雨发河水的时候，鹏程都会把两辆车子搬出来，仔仔细细地擦拭一遍。

站在浊浪翻滚的河西大桥，鹏程眼前又浮现出那年雨中和雅莉相识的一幕，想起两人雨中站在桥头看河水的情景。鹏程情不自禁地看着雅莉，他似乎第一次发现，岁月和操劳让当年那个活泼漂亮的女孩子，如今变成了一个眼角纹密布的中年女人。鹏程的心里再也无法平静……不由地靠前搂紧了雅莉。

其实雅莉不知道，那次看到的短信，是鹏程故意发上去的，他只是觉得感情生活有些平淡，他需要一些波澜，需要一点情趣，需要测试一下对方的爱情温度而已。没想到，自己的这个小资情调差点让婚姻画上句号。

以后的日子里，每到下大雨发河水的时候，在河西大桥上，总会看到，一对中年夫妻站在那里，相拥着，望着浊浪滚滚的河水，指指点点，不时地对看一眼……他们相约：

"下次发河水我们再来看？"

"好，再来。"

"一定？"

"一定。"

"拉钩？"

"拉钩！"

"拉钩上吊一百年不许变……"

送我一杯红酒

他和她是同一个村同一条街上长大的，从小青梅竹马。高中毕业后，他和她考上了同一所大学，只是所学专业不同而已。和其他同龄大学生一样，他们有着花前月下、有着卿卿我我的情爱生活。

他英俊潇洒，她温柔漂亮。大学四年，不知有多少双眼睛盯着他和她，有多少颗心追逐着他和她。他蜿蜒拒绝了一个又一个比她更漂亮条件更好的女生；她也一样，将一个又一个更帅气更有才气的男生挡在门外。

他和她的爱情感动着多少颗年轻而富有幻想的心灵。没有人怀疑他们将来某一天会走上红地毯走上铺满鲜花的婚姻殿堂。

大学毕业后，他留在北方的一个小城，她则去了南方的一个大城市。他和她的爱情经受了一次又一次更为严峻的考验。他所在的单位，身边整天有无数靓女围绕着他，对他眉目传情，甚至老总的千金都向他抛来了绣球。她也一样，身边也有数不清的俊男包裹着她，一次次约她，就连市长的公子也加入了追逐她的行列，并许以别墅香车。但他不为所动，她亦不为所动。

他和她约定，再过一年，等攒够了结婚的钱就完婚。他和她为了那个美好的一天的到来，开始拼命工作，拼命赚钱。

突然有一天，他听到小道消息，说她受不了工作的辛苦，决定答应市长公子的求婚；几乎同一天，她也听到消息，他经不住物质和大好前途的诱惑，决定要娶老总的千金。

他，不信；她，也不信。他一笑了之，她也一笑了之。

他不信，可事情还是发生了。半年后的一天，他突然接到她的短信：亲爱的，让我再叫你一声亲爱的，经过这半年多的冷静思考，我觉得我们在很多方面存在分歧，为了你也为了我将来的幸福，经过慎重考虑，我决定我们还是分手吧……

读完短信的那一刻，他几乎晕倒。他没想到她会这么绝情，置他俩这么多年的感情于不顾。他觉得很委屈，为了她，他拒绝了老总千金的穷追猛打还有大好前程。他心有不甘，决心去问个明白。

费尽周折，他最终还是找到了她。她脸色憔悴。一定是为了分手的事累的。女人啊真是六月的天，说变就变。他的目光满含着怨愤。她望着他，眼里像罩着一层雾水，不停地揉着。进沙子了。没等他问，她说。他伸出去的手倏地又收回来。她心里一阵冰凉。她想起以前曾经有无数次，每当自己流泪的时候，他总是悄悄伸出手，轻轻擦去她眼角的泪水。今天他没有这么做。她知道，他心里一定恨他。她不怨他。反而希望她恨得再厉害些。这样她心里才会更坦然，更好受一些。

他打听过，她的那个他是谁？是市长的儿子？抑或别的更优秀的男人？她不答。他暗地里调查过，甚至怒气冲冲地找到那个市长的儿子，得到的是答案是，我喜欢追谁就追谁，你算老几，管得着吗？

他掉过头来找她，想尽一切办法挽留她，可她是那么坚决，那么绝情。他终于相信了那些传言。他绝望了，他想立即离开，一刻也不肯多留。但，面对她提出的最后一次共进晚餐的要求，他还是鬼使神差地答应了。

晚餐的地点在一家小酒店。一进那个房间，他便愣了：桌子中间摆着一个插满蜡烛的大蛋糕，四周是他最喜欢吃的菜，有韭菜炒鸡蛋，有芝麻拌黄瓜……唯独没有一样她喜欢吃的菜。

他大口大口喝着烈性白酒。她默默地看着他，眼睛里噙满了泪水，几次站起又坐下。

明天你就要走了，能给我一杯红酒吗？她看着他。她的脸色很苍白，苍白得没有一点血色。

就一杯，好吗？

他站起身，拿来一瓶红酒，砰开了瓶盖，哗哗哗，倒上满满一大杯。她知道，他心里没好气。烛光下，溢出杯沿的红酒像她心里潺潺流出的血。

他走了。一个月后，他和老总的女儿结合了。

两个月后，突然传来她去世的消息。他诧异了，突然意识到了什么。他发疯似的赶到她的住处，在那张铺着报纸的书桌上，他发现了她的遗书和一张医院的诊断书。遗书上只有简短的几个字：亲爱的，让我最后一次叫你一声亲爱的，忘掉我，去娶她……那张医院的诊断书上写着：血癌。诊断日期，

两个月前。

他惊呆了。他猛地揪住自己的头发，狠狠地捶打着，泪水早已如决堤的黄河水咆哮着奔涌而出。一夜之间，他苍老了许多。

多年后的一天，夕阳下，一位白发苍苍的老人坐在一个小院里翻看一张泛黄的旧报纸。老人的目光在一篇题目下划着铅笔杠的知识短文上面停住了：男人较之女人，更喜欢喝白酒，酒后的男人想到的往往是形形色色的女人，而女人更喜欢喝红酒，喝红酒的女人想的往往只有一个男人——初恋情人……

那是当年他包裹她的遗书和诊断书时拿走的一张报纸。他突然想起很多年前他和她在小酒店的那个夜晚，想起从不饮酒的她却为什么单单要了一杯红酒……

不知什么时候，老者的两只手从椅背上垂了下来，一张旧报纸卷曲着飘落在地上，夕阳将老者的周身染成一片金黄……

午夜幻影

他从一开始就给她下了一个结论：她不懂得美，更不懂得爱情，简单说吧，她是很庄户的那么一个人。

他下这个结论是有根据的，决不是小孩呓语：第一次见面时她衣着简朴，脸上没有丝毫时下女孩子那种粉饰，言谈举止也没有一般女孩子那样矫情。

对这种风格的女孩子他骨子里是不喜欢的。只是没想到回家跟母亲一说，母亲竟一拍膝盖，说："我看这姑娘是个过日子的主，中，就她了！"

得，母亲一句话就把这亲事给一锤子定了音。

恋爱的日子不咸不淡地过去了。

转眼婚期到来了。

本来，他想搞点浪漫的，来个时兴的旅行结婚，可她却说："我还要上班，没那么长假期。再说，老人家挣分钱不容易，以后过日子花钱的地方多着呢，能省就省俩钱吧。两人好不在那个形式。"真没劲！他愤愤地说。

就这么着，他和她从此开始了一男一女组成的围城生活。

早晨，她早早起来做饭。吃完饭，两人一起出门上班。中午，她一踏进门就进了厨房。他拿起一本书，有心无心地翻看着。她把饭摆好放在桌子上，拿过两只板凳，然后喊他吃饭。他坐下就吃。"啪"他的碗里溅起一朵浪花，他一惊，细一瞅，一块瘦肉掉进碗里。他抬头看一眼她，她正低头吃饭。他捞起就吃，而且吃得津津有味。

生命在平平淡淡的日子中孕育着。

第二年春，他们有了自己的孩子，一个可爱的女儿。

她更忙了。上班、做饭、奶孩子、熨衣服……整天忙得不可开交，更要命的是，头发常常顾不上精心梳理，两手往耳后一拢就出门了。

从那时，他迷恋上了写作，而且近乎痴迷。他更忙了。上完班，一回家就钻到自己的小书房里看书、写作，写作、看书。

不久，第一篇作品发表了，第二篇又发表了，第三篇……用稿通知单每天都如雪片般飞来，样书一本本落到他的办公桌上。他成了小城颇有名气的作家。

而她，每天照旧上班、做饭、看孩子、熨衣服……

他的名气越来越大，到的地方也越来越多。他开始迷乱起来。

他对她觉得越来越陌生，甚至有时候都忘了她是他的媳妇。

她，每天照旧上班、做饭、熨衣服、辅导孩子……

很快，十几年过去了。她已经容颜不再，落地的脚步声里有了些沉重，手上皱皱巴巴，像松树皮。而他，意气风发，如刚刚鼓起的风帆，随时准备驶进前面更广阔的海洋。

很多次，他曾悄悄地观察她那双手，刚看一会儿，脑子里就开起了小差，眼前全是另一双白嫩如凝脂的手。

一天夜里，他回来的很晚。她屋里的灯已经熄灭了。他很疲惫地上了床，不久就酣然大睡。

"当当当……"挂钟刚敲完十二下，这时他忽然被一泡尿鼓醒了。懵懵懂懂中，他看见客厅里站着一个人，煞白煞白的脸，那脸呈三角形，上宽下窄，正对着镜子专心地照。他吓了个半死，赶紧回床，闭上眼躺着，一动不敢动。

好容易熬到天亮。他踉跄着走出书房兼卧室。她早已做好了早饭。他拿起筷子时手有些发抖。

她问他："怎么啦？没睡好？"

他说："昨晚上我看见鬼了，半夜时候，就在这客厅里，那脸三角形，煞白煞白的。"

她抿着嘴，"扑哧"一声笑了。

"什么鬼？是我。"

"你？不可能！那脸煞白煞白的，吓死我了"

她放下碗，走进屋里，拿出一张白白的薄薄的东西往脸上一贴，立时一个女鬼出现了。

"你?!"他生气了。

他指着她的脸，问："这是什么？"

她说："这是昨天我的一个同事给人家美容公司做宣传送我的面膜，不花钱，一分都不用花"

他质问她："那为啥半夜三更起来做面膜？成心吓死我呀"

"我正好起来解手，想起那面膜可以养颜就试了试，没想到正好被你看见了"

他的心里突然一震，想起她没日没夜的操持家务，还要上班；想起结婚这么多年了，自己从来没给她买件像样的首饰、化妆品；想起为了买便宜一点的菜，她跟小贩讨价还价半天的情景；想起那双如同松树皮一样粗糙的手……他的鼻子一酸，两行热泪悄然流下。

他转身回到书房，拿出一张票据般大的纸片给她："这是一张一年的面膜券，我知道你爱美，昨天刚买的。"

她拿着那张面膜券，泪水潸然而下。

她也许永远都不会知道，此刻在他的办公室里，那个有着一双白嫩如凝脂的手的女孩子正满心欢喜地等着要这张面膜呢！

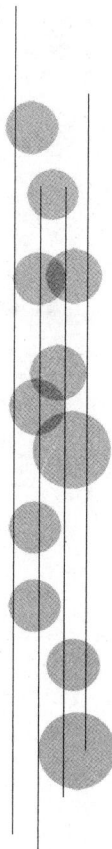

校服上的红唇印

大力和小丽是天造地设的一对。认识他俩的人都这么说。可就是这么一对恩爱得如胶似漆的小夫妻近来却内战不断，闹得差点上了法庭。

这，都是校服惹的祸。

星期天，大力要赶一个较重要的场合。为了让大力穿得风光一点，小丽翻箱倒柜给大力找合适的衣服。这一找不要紧，小丽找出一件大力大学时穿过的夏季校服。上面横七竖八密密麻麻写满了五颜六色小的名字。这种事本不值得大惊小怪。小丽当年自己毕业的时候，也在同学的校服上签过名。可问题是这件校服的正面，靠近左胸处印着一个淡红色的唇印。虽然不是那么清晰，但轮廓尚存。唇印不大不小，很好看。小丽的眼睛就这样停在那里。此时此刻，她脑子里反复出现这样一幕：大学毕业前夕，一个漂亮还带点娇气的女生，一边含情脉脉地看着大力，一边深情地向大力的嘴唇吻去……不得不分开的时候，女生偎依在大力的胸前，朝大力的胸膛又轻轻吻了一下，那件写满名字的校服上便留下了一个多情的唇印……

倏地，小丽又想起这段日子，大力的手机里总是有一个陌生女人的发来的短信，那些短信很暧昧。问大力，大力也说不清楚，一副很冤枉的样子。这不是明摆着大力外边有女人？说不定这女人就是留唇印的那个人……

想到这些，小丽的心里顿时酸溜溜的，眼泪簌簌流下来。这个女孩是谁？长得咋样？比自己漂亮吗？现在和大力还有没有来往？我一定要搞清楚，不然我会崩溃的。小丽这么想着，走到大力跟前，把校服狠狠地往大力跟前一掷。大力愣了，刚才还含情脉脉的小丽怎么眨眼间阴云密布，就差电闪雷鸣了？真是女人的脸，六月的天，说变就变。

"怎么了？让人给煮了？"大力学着电视上的一句广告词打趣说，站起身去搂抱小丽，被小丽狠狠甩开了。

"哼，都是你干的好事！"

"我干什么了？"大力像冷不丁被人打了一闷棍，一脸纳闷，手里拿着那件校服左瞅右看。"有什么不对吗？"

"装什么蒜？你看看你看看，这是什么?!"小丽杏眼圆睁，一把夺过校服，指着那个轮廓依稀的唇印说。今天你必须给我说清楚，否则没完！

这……这……大力挠着脑袋，怎么也想不起来这唇印怎么跑到自己的衣服上，只好尴尬地笑了。

想想，在毕业前夕，一个月朗星稀的晚上，在小树林里，一个帅气多情的男子和一个貌若天仙的女子，深情地亲吻着……如痴如醉……

小丽嘴里描述着，长长的睫毛上挂着大颗的泪珠。

"小丽你说什么呢？哪有的事，在大学我可是出了名的木头人，有哪个女孩能看上我？更不要说亲吻了，你简直是无稽之谈，不可理喻！"

"你心里肯定有鬼，你到底说不说？"

"我说什么我？神经病！"

"不说是吧？不说就离婚！"

"离婚？谁怕谁！"

……内战就这么爆发了。争吵替代了往日的安宁。

小丽一气之下跑回了娘家，扔下大力一个人在家喝闷酒。

一个人喝着无味，大力打电话让同事猛子来喝酒。

几杯酒下肚，大力跟猛子倒出了苦水。大力拿出那件校服给猛子看。都是这莫名其妙的唇印给闹的！大力红着眼，把校服狠狠地扔在地上，拿出一把剪刀要剪。

"等等！"猛子说着，一把抢过来，仔细地看着那个唇印。

"哈哈，你说这个唇印？我知道它的来历。"猛子诡秘地说着，卖起了关子。

"什么？你知道？快说说，怎么回事?!"

"这个……这个都怪我，没有早一点告诉你。"

"什么？你说明白点！"

"你还记得去年我借校服的事吗？"

"借校服？有这么回事。我当时不想借，是你小子死缠着我才答应的，怎么啦？"

167

"那次我穿着你的校服给我女朋友看，谁想她恶作剧在校服上印下了这个唇印，我怕你知道了不高兴，所以没敢告诉你……"

"你……你小子害死我了。走，跟我去请你嫂子去。"

小丽人虽然回来了，可心里还有一个结打不开：手机短信是怎么回事？

为了彻底打消小丽的疑惑，大力和小丽一起到移动公司进行了技术咨询，这才明白，是大力的手机中病毒了。

回到家，大力拿出那件惹事的校服要毁掉，小丽赶紧夺过来，含情脉脉地看着大力，羞涩地说，当初我没能在你的校服上留下我的唇印，我今天给补上……

小丽不知道，从此大力的心里总是疙疙瘩瘩的，仿佛有一块无形的石头堵着，怎么也找不到以前两人在一起的那种感觉。

那个强壮的男人

男人和女人的故事很平淡，平淡得如起不了什么波纹的池水。

男人深爱着女人，女人深爱着男人。这和世间无数恩爱男女没什么两样。

若非要找出什么不同，就是男人身材瘦削，瘦削得像一颗绿豆芽。女人非常苗条。男人喜静不喜动，女人也一样，喜静不喜动。男人女人都对睡懒觉情有独钟。这也许是他们俩当初能走到一起的原因。

他们就这样般般配配了二十年。恩恩爱爱了二十年。

转眼人到中年。原本豆芽菜一样的男人肥胖得走路都气喘吁吁，步履也开始减缓，小毛病不断。女人依旧苗苗条条，走路很有韵致。每当有走路健步如飞，阳光壮硕的男人从身边走过，女人有时也会对大腹便便的男人说："唉？懒猪，你该减肥了！"

"减肥？减什么肥？我这是给你装门面，说明我这头猪你喂得好啊！"

女人只一句，"哎，你呀！"也就过去了。

单位例行体检，男人回到家将报告单随手扔到桌子上，嘴里嘟囔着，"什么医生？净吓唬人。"女人拿起一看：脂肪肝重度，胃溃疡中期，建议加强运动，可预防病情发展。女人心里咯噔一下，开始认认真真地劝，大道理讲了一箩筐。男人很不以为然，照样该吃该喝，懒得活动。

女人开始叹息。

男人我行我素。

女人的叹息声一次比一次长，眉头皱得一次比一次高。

这天，女人破天荒开始每天早晨早早起来到外边去。

男人察觉到了异常，问女人："这么早出去干什么？别是外边有人了？"

女人白了男人一眼。不答。

接连几天，女人每天早晨早早出去。回来面色红润，如桃花绽放。

男人痴痴地看着女人，疑心顿起。女人前头出去，男人在后头悄悄跟着。女人沿着一条小路往前小跑，像赴什么紧要约会。女人跑过那条小路，又拐上另一条小路。女人始终没有发现后边有人。男人很为自己的跟踪术得意。女人又拐过一条小路，掉头往回跑。男人赶紧找个低洼的地方藏起来。女人"咚咚咚"，从男人身边跑过。好险啊，差点被老婆发现。

男人一无所获，可不死心，第二天女人早早出去了，男人又开始了跟踪，结果还是一无所获……一连几天，男人都空手而归。

要不是女人早晨出去得更早了，男人也许就不会有以后的跟踪。这次男人有了新的发现，女人拐进了一处小树林。

哈哈，狐狸的尾巴终于要露出来了！男人怒火中烧，恨不得冲进小树林捉到那个奸夫。可男人还是控制住了自己，悄悄跟踪过去。结果除了看到女人小解，什么也没发现。

男人对这种游戏玩腻了，想撤兵，可心里隐隐有些不安，总觉得女人在外边肯定有人了，只是自己没有抓到把柄而已。

男人坚信自己的直觉。继续跟踪，仍没什么新的发现。男人决定跟女人摊牌。

"你是不是外边有人了？要不干吗起那么早出去?!"女人笑而不答，问急了女人说："你说有就有。"这更加坚定了男人的猜测。

"从明天起，不许出去！"男人发出严厉警告。

第二天一大早，女人照例早早走了，还精心打扮一番。

看着女人屁股一摇一摆地出去，男人真想狠狠揍女人一顿，可男人怎么也下不了手。

捉贼捉赃，捉奸捉双，我就不信抓不到证据！男人愤愤地说。继续穷追不舍跟踪侦查。可还是一无所获。

男人终于没有了耐心，一把抓住女人，说："他在是干什么的？长什么样？"

女人高扬着头，挑衅似的说，你甭管他是干什么的，反正他身高马大，身体比你强壮百倍千倍！

"你——！"男人猛地高高扬起巴掌，用力朝女人脸上抽去，就在落到女人脸上的一刹那，巴掌转个弯，结结实实在男人脸上脆生生响了一下。

我一定要逮住那个强壮的男人！男人下定决心，即便千难万险，即便班不上也一定要逮住那个男人，那个让他蒙羞的男人！

女人照旧早早出去。

男人依然悄悄跟踪。

这天晚上，男人下班回家，看到桌上摆着满满一桌好菜，都是男人爱吃的。女人穿着一新，脸上显然经过精心化过妆，越发显得妩媚多姿。男人心里一惊，难道女人要向自己摊牌离婚？男人眼前浮现出恋爱时候两人之间的那些甜言蜜语，想起自己的生日和结婚纪念日男人女人精心做的那一桌桌美食，心里涌起无尽的酸楚。

"想离婚？要是不说出那个强壮的男人就别想迈出这个家门！"男人沉着脸，盯着女人的眼睛，一字一顿地说。

女人却不气不恼，说："你不是一直想知道那个健壮的男人是谁？"

"是谁？快说！"男人吼道，额头青筋暴出。

"他——他——"女人故意卖关子。

"快说！"

"他——远在天边近在——这里，"女人说着，将男人拉到穿衣镜前。男人看着镜子里那个健壮如牛的自己简直不认识了。男人想起，自己已经很久没心思照镜子。

"你是说——我？"男人愕然了。男人用力扣了扣耳朵眼，"你再说一遍！"

"傻瓜，这才是我要的好男人。"女人妩媚地笑着，眼睛狠狠剜了男人一眼。

男人还是将信将疑。

女人变魔术般从身后拿出一张纸，男人脸色一变，一把夺过来，就要撕掉，"离婚？没门！"

女人赶紧阻止，说："别急，你看看再撕也不迟。"

男人展开一看，是几个月前医生开给自己的那张医院诊断报告。

一刹那，男人全明白了。

男人一把搂住女人，一句话也说不出，任凭热泪从眼里汩汩流出，再也无法停住。

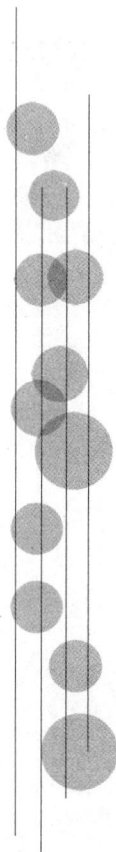

春风鼓荡的客车

　　大力正坐在去市里的客车上闭目养神。这时突然手机响了："喂，大力啊，现在在哪儿？干什么呢？中午我请客啊……"

　　电话是大力的一个铁哥们打来的。大力想也没想说："我在车上，我去市里交楼钱……"大力说到这里，突然意识到自己是在乘客满员的客车上，脑子顿时想起最近从电视上看到在去 W 市的客车上，多次发生劫匪抢劫乘客财物案件的报道，不禁惊出了一身冷汗。自己刚才的话不是明着喊贼来抢吗？大力后悔极了，连忙一边说着"我……我还有事，晚上见"，一边慌忙关了手机，一只手下意识地抓紧了那个装着 15 万元现金的鼓鼓囊囊的黑提包。大力抬起头，见车里所有人的目光都齐刷刷投向自己，连司机也回头望了自己一眼，顿时觉得很不好意思。

　　大力朝前打量了一下，前排那个五大三粗的青年正回头望着自己。大力的目光正巧和他碰了个照面，心里不禁格咚一下，赶紧装出若无其事的样子，朝后排打量了打量，这才发现坐在后排紧挨着自己的也是一个体格魁梧、长着一脸络腮胡子的青年。那青年也正眼巴巴地望着自己。大力心里一抖，手哆嗦了一下，赶紧低下头，用力抓了抓那个黑提包。

　　大力这时才真切感受到了什么叫紧张，什么叫度秒如年，心里只有一个念头，快到站，快到站。

　　大力一抬头发现前排那个男子不知什么时候离开座位，正站在自己一旁，那高大健壮的身躯简直像一座铁塔。大力的第一个反应就是怕是要遇到抢劫的了！都怪我说话不注意，不长脑子，我怎么这么笨啊。大力不住地自责着，紧张极了，额头上呼呼冒汗。

　　大力懊悔得就差打自己耳光子了。这时后边那个满脸络腮胡子的青年也离开座位，站在自己的一旁。糟了，糟了，莫非他们是一帮的？瞧他们那身

架，那长相，是劫匪定了。因为前些日子报道的那几起抢劫案中，其中就有一个络腮胡子的劫匪。

大力紧张得浑身每根汗毛都像刺猬一样陡竖起来。大力把手插进口袋想打电话报警，可那两个男子眼睛一眨不眨地望着自己，根本没有拿手机的机会。

他企盼着司机能停下车站过来，可司机好像没看见，继续专心致志地开他的车。这该死的司机！大力诅咒着，可也无可奈何。

大力的腰挺得绷直，眼睛直直地盯着前方，两手死死地抓着黑提包，一动也不敢动，心里一个劲地念叨着：菩萨保佑，菩萨保佑，千万别让他们抢了，这些钱除了那1万块，别的都是我求爷爷告奶奶东借西取得来的，你们可一定要手下留情啊！

大力的神经紧张到了极点，再这样下去，用不了多久就要崩溃了。他甚至在想要是这两个人真的抢劫，自己是要命，还是要钱。

客车继续走着。那两个人仍然一前一后站在那里，没有半点走的意思。莫非他们要到前面下手？大力想起，前面是一条浓阴匝地的林荫大道，行人车辆较少，是个下手的好地方。前几次劫案就是在那里发生的。想到这儿，大力的心又悬了起来，手上像发了河水，湿漉漉的。

大力突然看到路旁有个派出所，正要喊司机停车，车子猛地一抖，车子来了个急转弯，没等大力回过神来，车飞快地开进了派出所。司机敏捷地跳下车，关上车门，飞快地跑进派出所，边跑边喊："有劫匪，车上有劫匪！"

司机话音未落，屋里立即跑出两个民警，跟着司机冲进了客车。两民警一前一后，将那两个青年带进办公室。大力和司机紧跟在后边。

这两个民警一个是所长，姓韩，另一个是民警小牛。几分钟后，事情便明白了：原来，大力前排那个五大三粗的青年是全市见义勇为获得者赵强，听说大力交楼钱不放心，志愿当起了保镖，那个络腮胡子的青年叫马伟，是市第一中学体育教师，在车上他以为赵强要抢劫，便暗暗当起了保镖。司机更把他俩当作是一伙的劫匪！

原来是虚惊一场！误会解除了，司机、赵强、马伟陆续上了车，大力最后一个上车。

当韩所长、小牛返回办公室的时候，突然发现桌子上多了一个鼓鼓囊囊的钱包，韩所长一看那包惊讶地说：这不是我丢的那个钱包吗？怎么在这里？

这还有我女儿的照片！

所长快看，这里还有一张字条！韩所长拿起字条，只见上面用很潦草的字写着：民警同志，刚才这事让我很感动，这社会上还是好心人多。这个钱包是我今天早晨在马路上捡到的，里面有1万元钱，本来我准备用这钱交楼款，是这些好心人教育了我，我也要做个好人。钱包麻烦你们帮我找一下失主，这里面有一张小孩子的照片……

韩所长心里又惊又喜——就在今天早晨，自己拿着借来的1万元钱给母亲交住院押金，没想到路上不小心把钱包给丢了……

韩所长忽然明白过来，抓起那张字条就朝门外跑。只见那辆客车已经开出去几十米远，车上隐约传出"只要人人都献出一点爱，这世界将变成美好的人间……"的悠扬的音乐声。

韩所长、小牛站在那里，朝着越来越小的客车不停地挥手，每个人的心里都暖暖的，眼睛湿湿的……

你没有食言

我……我没有食言！

这是你临终前说的最后一句话。你用自己宝贵的生命向你的那个学生证明你没有食言！

你是一个年轻的中学政治老师。你正直、热情，充满着蓬勃的朝气与活力。你虽然参加工作时间不长，但你以你的勤奋、谦虚和聪慧，很快成为全校全县的骨干教师。

你经常和政治老师们说，浇花浇根，育人育心。思想政治课教学就是要教到学生的心坎上，做到学生的心灵上，让学生口服心服，付诸行动。

你更经常教导学生，学政治不仅要学习基本的理论知识，更重要的是培养正确的人生观、世界观、价值观和身体力行的能力。

你是这样说的，更是这样做的。当看到校园里躺着一张废纸，许多学生甚至老师都熟视无睹，昂首阔步走过去。你看到了，很自然地弯下腰，捡起那张纸，送到垃圾箱里。一旁的人看见了，脸红了。你笑了。

县教研室主任曾给你这样的评价——"思想政治工作小专家"。他很欣赏你的教学思想，并且早已打算，让你再在基层锻炼一两年，就把你调到教研室，当政治教研员，指导全县的思想政治课教学。

四川汶川大地震发生后，你立即在课堂上穿插了一节地震课。课堂上，你流着泪向学生讲述着四川汶川、北川等地的抗震救灾情况。当你讲到地震中，许多老师为了挽救学生的生命不幸献出了自己的生命的时候，你泪流满面，你向全体学生发出了"抗震救灾、强我中华"的呐喊！

可是，就在这个时候，你隐约听到另一个声音："要是地震发生在我们这里，咱学校的老师不一定能做到。"尽管这个声音很低，但是你听到了。你寻声望去，发现是后排座位上那个学习很差、最不守纪律的男生说的。你知道，这个问题不仅反映了学生对本校老师的看法，也折射出他的人生观世界观。你没有忘记你是一名政治课老师。你没有绕过去这个敏感的话题。你果断停止了讲课，和这个学生展开了一场小小的辩论：

"你说咱学校的老师遇到这种情况，不一定会像汶川地震灾区的老师那样自己不跑先救学生，是你说的吗？"

"是……是我。"

"请你说说，你有何根据。"

"我……我……"

"大胆说，说错了，老师不会责怪你。"

那我就说了，我不敢说咱这儿的老师都会那么做，但肯定有老师不那么做。

你说得很辩证。但我要明确地告诉你，任何一个老师，只要他还有基本的道德良心，在这种情况下都会毫不犹豫地这么做，你信不信？

老师，你敢跟我打赌？真要遇着这样的事，没有老师不这么做？你能做到吗？这个学生仰着头挑战说。

很多学生都看着你，等待着你的回答。

你的目光在台下每一个学生的脸上走过，最后你目光坚定地看着那个学生的眼睛，一字一顿地说，我敢打，我相信，咱学校的老师不会当逃兵。我也不会。你的话掷地有声，久久回荡在教室里。

你还想就这个问题做深入的探讨，谁也没想到，"狼"说来就来了。教室突然摇晃了几下，大块地墙皮簌簌落下。接着地面又是摇晃了几下。你立刻意识到，不好，地震了！你努力稳住自己的情绪，你站在讲台上，沉着果断地指挥学生迅速有秩序的撤离教室。

地动山摇。"轰隆""轰隆"，窗外传来一阵接一阵楼房倒塌的巨响。你所在的教室摇摇欲坠。墙角处几道巨大的裂缝仿佛张着血盆大口的饿虎，虎视眈眈地，随时都要吞噬掉屋里的一切。

教室摇晃的越来越厉害，你的脚下也已出现一道长长的裂缝。只剩下那个刚才和你打赌的学生。此时，他已经吓破了胆，站在那里不知所措。你跑过去，一把拉住他，拼命往外跑，就差半步你俩就出来了，你猛然看见，头顶的横梁已落到半空。你用尽全身的力气，猛地一把，将那名学生推出教室。轰隆一声巨响，教室倒塌了，一股巨大的烟雾笼罩了一切……

　　当你被救出来的时候已经是震后第四天。你的头部身受重伤，昏迷不醒，生命危在旦夕。

　　你终于醒来了。你满脸血污，努力睁开眼睛，目光在人群里一一慢慢走过。你在急切地寻找那个和你打赌的学生，你担心他是否安全，有没有伤着。

　　你终于找到了。你看到，他毫发无损，低着倔强的头颅，跪在一旁，泣不成声。你的目光停在那个学生的脸上。你笑了。你用微弱的声音说："老师，没……没食……。"刹那间，你的眼睛永远地闭上了。

　　你不知道，这场地震灾难夺取了六名教师的生命，但正如你所说的，你的那些同事中无一人当逃兵。

　　很多年后，那个当年和你打赌的学生当了一名消防军人，他时刻牢记你的教导，以你为榜样，成为一名出色的消防战士。

　　你在天堂里，笑了。因为，你没有食言！

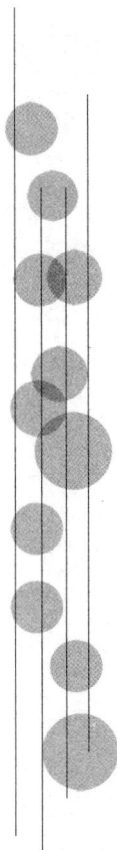

跪

不瞒您说，我是个出了名的犟王眼子（土语，倔强、杠子头的意思），可以说跟人犟起事来还从来没服过输。

那天，备完课，我跟办公室的几个老师闲扯，也不知怎的，扯着扯着，就扯到了下跪的事。没想到，这一扯，我才发现有人比我还犟十倍、百倍、千倍！

这人天天在我身边，不是别人，是和我对桌办公教语文的老王。

老王是个老教师，业务很棒，市县挂号。说话慢慢不紧的。平时我挺尊重他，一般情况下，遇到事不跟他犟。可那天，因为下跪的话题，我却鬼使神差地跟他犟起来。

老王说："这人活一口气，这就是骨气，人什么时候都不能随便下跪，特别是男人。男儿膝下有黄金。陶渊明不为五斗米屈膝折腰。这就是骨气。我这一辈子，只跪父母，除了这两个人，我谁也不跪。"

我听了很不以为然，犟脾气呼呼上来了。我说："大丈夫能屈能伸，该下跪时就下跪，该当小人就小人，该当君子就君子。"

"不跪！"老王说。

"要是有人送给你 100 万让你一跪，你跪不跪？"

"不跪，钱不要也不跪！"老王不紧不慢地说。

"要是让你跪了，给你个市长县长什么的当当，你跪不跪？"

"不跪，就不跪，给个省长干也不跪！"老王不慢不紧地说。

"要是有人送你给你个绝世美女让你一跪，你跪不跪？"

"不跪，不跪，给七仙女也不跪！"老王不紧不慢地说。

"要是有人让你一跪，让你坐神州 X 号到月球、到火星一游，全球人都能知道你的大名，你跪不跪？"

"不跪，就不跪！"老王还是不慢不紧地说。

"要是……"

"要是……"

"要是……"

…………

我把能想到的所有"要是"都说出来，得到的回答都是"不跪，不跪，就是不跪。"你瞧这老王，这不鼓死个人嘛！

我说，我敢打赌，你肯定有一天会在某个地方某个具体时间某个具体场景下给除了父母以外的某个或某些人跪下。

我说了，我保证，不跪不跪，就是不跪！老王还是不紧不慢地说，但一脸庄重。

那咱俩打赌，要是你跪了别人，你就输了。你只要说，我服你了厉老师就行了。要是你真的不跪别人，我给你跪下，这个赌你敢不敢打？我进一步挑战说。

他同意了，说我把这个赌修改一下，要是我给别人跪下了，我也给你跪。君子一言，驷马难追，决不誓言，谁食言谁是这个。说着，老王比划了八字。

好了好了，服了你了，我的王老师。我嘴上说着，心里却想，真是个比我还犟的老犟王眼子！王犟眼。

也许你觉得打这样的赌很无聊，可你仔细一想，跪与不跪，这里面隐藏着一个做人的大道理，他折射出了一个人的人生观、价值观，涉及一个人的尊严和人格，不可小觑。

那个赌是下午不到两点的时候打的。打完，王老师夹着课本去教室上课。

2点28分，我正在办公室批改作业，突然觉得地面摇晃了几下，接着又是几下。我立时意识到不好，要地震了！赶紧招呼同事们快跑：地震了！话音未落，轰隆一声巨响，地动山摇，我什么也不知道了。

等我醒来的时候，已是第二天上午。我是被人从废墟里救出来的，只是脚受了点轻伤。意识完全清醒了。我猛然想起地震时还在上课的学生和老王他们。

我一瘸一拐地跑向教学楼。我被眼前的景象惊呆了：那座高大气派的教学楼早已倒塌，一片残垣断壁，瓦砾成堆，尘土飞扬。很多人站在废墟上锹挖手扒，寻找着幸存者。我知道，那里面有几百名上课的学生和老王他们十

几个上课的老师。我发了疯似的跑过去，拼命用手扒拉着废墟，寻找着老王和我的学生。

余震接二连三，残墙断臂随时可能倒塌。我的双手十指已经磨烂了，可我顾不了这些。心里只有一个想法，尽快找学生，找到刚才还和我犟的老王。

一个小时过去了，两个小时过去了，也不知过了多长时间，当我和几个人一起搬开教学楼垮塌的一角时，眼前的一幕惊呆了：

老王雕塑一般的跪扑废墟上，两臂紧紧搂着两个孩子，两个孩子还活着，而他已经没有了呼吸！

老王啊！我呜咽着，泪水奔涌而出。

巨大的悲痛袭上心头，"扑通"一声，我重重地跪下，对着老王的遗体，疯喊着：老王，老王，我只想听你说只跪父母，别的人谁也不跪，可你食言了。我真的服你了，不跟你打赌了，我只要你活着，孩子们都活着，一个也不能少……

1997 年的一夜情

　　明是我以前单位的同事，也是那些年最要好的朋友。明和我一样，没别的爱好，业余喜欢小小说写作。臭味相投，我们成了无话不谈的朋友，完全不谦虚地说，对明的事我了如指掌。

　　明和杏当年的爱情虽说不上惊天动地，但那个甜蜜劲的确令我们这些光棍们歆歔长叹了好长一阵子。羡慕的结果是，就在他俩结婚不久，我们同宿舍的四个同事，纷纷逃出光棍楼，闪电般地找到了自己的另一半，并不顾一切地一头扎进围城。然而，谁也没想到，明和杏却在 8 年前，也就是 1997 年那场罕见的台风之后，很平静地分手了。当时在我们那儿，其影响不亚于中国第一颗原子弹爆炸。很多人都在猜测他们离婚的原因，但谁也弄不出个所以然。有一次，我问明，明苦笑着说："我有了一夜情，你相信吗？"我摇摇头，说："我不信，你不是那种人。"

　　离婚后不久，明辞职下海，到了南方一座小城。起初我还有他的消息，以后他又转到了另一座小城，渐渐的音讯全无。后来，不少人提起明离婚的事，仍觉得是个谜。

　　就在几天前，明回来了。明和以前外貌上没什么大的改变。从他的谈话中隐隐透出一丝伤感和对杏的留恋。在为明举办的接风酒宴上，我再次扯起明当年离婚的事，并想证实一下明到底有没有一夜情。明三杯白酒下肚，话匣子打开了，他悠悠地向我讲起了那个八年前他曾说过的"一夜情"——

　　还记得吗？明说，1997 年 9 月，也就是我婚后两个月零一天的时候，我到 300 里远的 Q 城开会，一散会我就急匆匆往回赶，因为我想早一点看见我的杏。可是，就在返回途中，路过 G 城的时候，天已经黑了，突然刮起了台风——那场百年不遇的大风，客车全部中断，电话也打不出去。没办法，我只得一个人投宿在汽车站旁的一家小旅店。这是一家独门院落，院子北面门

口朝南的几间房子是女店主的住处，南面一排单间门口朝北的小平房是客人住宿的地方。我一个人住在靠西的一间屋子。晚上，我躺在床上，耳听着外边呼呼的大风和哗哗的暴雨声，睡意全无。我不知道在这样的夜晚，家里的窗户关了没有，杏总是粗心，常常忘了关窗户，在家里每次都是我起来关窗子。还有，杏会不会害怕。就在这时，女店主敲响了我的门，说是送水来了。我打开门，店主放下水，神秘地问我，要不要"那事"，并说"小姐"就住在隔壁，30 块钱，很安全的。店主一说，我想起来了，刚进店门的时候似乎看到一个挺漂亮、穿得挺露的女人走进了西边的那间房子。但我知道我是来干什么的。我心里只有我的杏，任何出轨都是对杏的极大侮辱。我断然拒绝了老板的"美意"。暴风雨一夜未停，思念、好奇使我整夜未眠。从隔壁不时传出的开门声和一阵阵"咯吱咯吱"床板声中，我判断出，"小姐"至少接了两三个嫖客。

想想看，明说到这里，"咕咚"又是一杯落肚，要是你在这样的夜晚，在这种情形之下，你能守得住吗？妈的，可老兄我做到了。第二天一大早，我赶紧结了账，坐上了回家的客车。

为了在杏面前炫耀一下自己对爱情的忠贞。晚上，我和杏一边忙那事，一边讲述昨晚的故事。我充分发挥自己的文学天赋，凭空虚构了几个情节，添油加醋地讲起了投宿旅店的"艳遇"。没想到，杏听了我的讲述，十分生气，认为我当时真干了那事，说我背叛了我们的誓言，亵渎了她的爱情，一把把我从他身上推开。从此对我产生了很深的怀疑和怨恨。任凭我怎样解释她都不信。讲到这里，明痛苦地抹了一把眼泪，一仰脖，"咕咚"又是一杯下肚。

后来的事你已经知道了，明接着说，要不是平时好写小说，喜欢想象和夸张，我就虚构不出那些逼真的历险情节，杏就不会怀疑到那种程度，哎，都是小小说惹的祸。明说，从那以后，我再也没写过一篇小说，没发表过一个字。我不后悔，因为我没有负过杏……说着，"咕咚"一声，明身子一歪，醉了……

送走了明，我心里倒吸一口凉气，想起自己两天前刚刚经历了一场和明极为相似的一幕。不禁庆幸自己幸亏还没来得及告诉妻子娟。我想，我要做的就是尽快找到单身八年的杏，并原原本本地告诉她，明在 1997 年的那场台风里的所谓"一夜情"。

谁家的热水瓶

三九的一天。天阴沉着。小北风嗖嗖刮着。某局家属院的锅炉房前，打开水的人们排成一条长龙。2 分钟过去了，5 分钟过去了，10 分钟过去了……长龙丝毫没有向前移动。

怎么回事，大冷的天，还不快打水？都站着干啥？最后来的小王等得不耐烦，提着热水瓶气呼呼地跑到前头看个究竟。只见水龙头下赫然立着一把旧热水瓶，瓶上有几处红漆早已脱落，看起来斑斑驳驳的，提把歪歪着，和别人手里提的热水瓶相比显得那么不入流。

这是谁家的热水瓶？占着茅坑不拉屎，拿走拿走！小王说着伸手去抓那把热水瓶。

站队等候的人们一个个静静地站着，谁也没有答话，眼睛直直地看着小王的一举一动。只有站在最前面的老王捂着嘴巴，脸上掩饰不住的窃笑。

突然，小王的手像触了电似的在半空中停住了——他在那把热水瓶的外皮靠近提把的地方分明看到"张大海"三个黄漆字，那字清清楚楚。

这……这原来是局长家的热水瓶，不好意思不好意思，对不起对不起……小王吐了吐舌头，转身回到长龙的后头，站直身子，和早来的人们一样，静静地等候着。

天阴得越来越重，越来越冷，好像要下雪的样子。时间一分一秒过去，可张局长家还没有人来打水。长龙依然丝毫没有向前移动的迹象。大家仍然一个个空前耐心地等待着，仿佛一只无形的手在指挥着，显示出高度的自觉性和组织纪律观念。

对不起，对不起，刚才我有点事出去了，让大家等急了。负责打扫楼道卫生的赵师傅气喘吁吁地跑过来。边说边急急忙忙抓起水龙头下的那把热水瓶，哗哗哗打水。

哎哟！赵师傅显然是被溅出的开水烫着手了，可仍然没有停止打水。

天空中开始零零散散飘起了雪花。

看着老赵红着脸忙活的样子，站在中间的小马嚷嚷起来：

"这热水瓶原来不是局长家的？白让我们等了这么长时间，你老赵太不像话了，今天该你请客！"

"就是就是，让大家等这么久，不像话，让他请客！让他请客！"有人立即附和说。队伍骚动起来，不少人开始往前挤。

"嘘，小声点，老赵是给局长家打水！"

刚才还吵吵嚷嚷的小马立即闭紧了嘴巴，那个紧即便用扳手也不会轻易撬开。长龙像被使了定身法顿时安静下来。

"什么局长家的？那热水瓶是局长家扔了的，老赵从垃圾箱里捡回的！"刚来的老牛撇撇嘴压低声音说。

赵师傅显然听到了老牛的话，脸红得像熟透了的红富士苹果。

"原来不是局长家的热水瓶？那咱们还等什么？上前打水啊。"小刘嚷嚷着，挤到队列的前面。队伍又开始骚动起来。不少后边的用力向前挤。

"哎哟，踩着我脚后跟了！"

"我的热水瓶都快挤扁了，你赔我！……"

锅炉房前像开了锅的粥。

雪越下越大，片刻转成鹅毛大雪，天地间灰蒙蒙的一片。

对不起，对不起，耽误大家打水了。老赵边赔礼道歉，边用力挤出人群急匆匆往外走，脚下一滑，差点摔倒。人群里爆发出一阵哄堂大笑。

"这个老赵，太不懂事了，这第一个打水的位子是他一个清洁工占的?!"

"是啊是啊，老赵算什么东西？他也敢来站着个位子？"

"嘘，小声点吧，老赵提着热水瓶往局长家去了……"

"什……什么？他真的是给局长打水？瞧我这张嘴啊，该打该打！"说这话的老葛讪讪地说，打上水，赶紧逃也似的走了。

人群里顿时安静下来，大家站直身子，一个个紧闭嘴巴，漠然地看着前面。长龙一点一点徐徐向前移动……

雪越下越紧。只一小会儿功夫，沸沸扬扬的大雪把整个天空遮蔽得严严实实。天地间仿佛有什么事情要发生，又好像没什么事情发生……